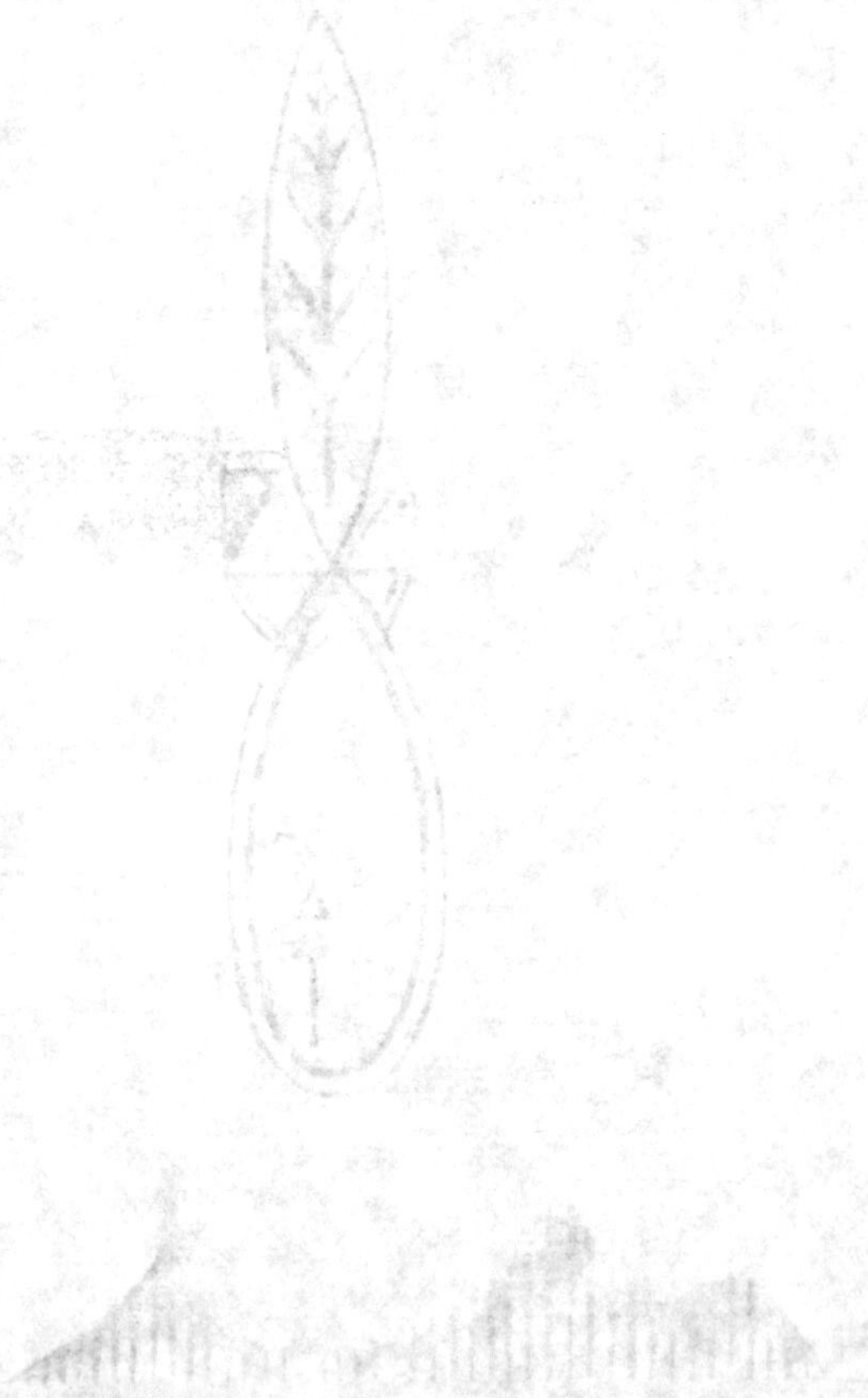

江國香織

やわらかなレタス

文藝春秋

やわらかなレタス ✣ 目次

装画　福田利之
装丁　名久井直子

やわらかなレタス

あたたかいジュース

きょうはとても寒くて、曇っていて暗くて、でも犬を洗ったり乾かしたりしてもらいに行く日だったので、往復一時間の道を二往復（送り届けるときと、連れ帰るとき）した。途中で道路工事をしていて、おじさんが三人がかりで、臨時の歩道に誘導してくれた。歩道にはゴムでできた緑色のものが敷いてあり、それがなぜか濡れていて、銀杏の葉っぱがべったりとたくさんはりつき、物悲しかった。

私の飼っている犬は五歳のときに完全に失明して、十一歳のいまも非常に元気に歩くのだけれど誘導してやる必要があり（しないと見事に物にぶつかり、周囲に見事な混乱をつくりだす）、だから犬を誘導する私を三人のおじさんが誘導し、三人のおじさんに誘導される私に犬が誘導される、という複雑なことになった。

郵便局の前を通り薬局の前を通り回転寿司屋さんの前を通りガソリンスタンドの前を通る。肉屋さんの前を通ったとき、ショウ・ケースのなかの鶏の手羽先から、私は目が離せなくなった。ビニール袋にぎゅうぎゅうに詰められたまま陳列されているそれが、ひどく寒そうに見えたからだ。肉屋さんのショウ・ケースというものは、無論冷蔵庫のわけで、外気温とは関係なく一定に保たれ、生肉というのはそこでこそのびのびと新鮮でいられるのだとわかってはいる。わかってはいてもどうしても、「凍えて」「かじかんで」、さらには「悲愴に」「震えて」見えるのだった。

私たち——というのは私と犬——が歩くといつもそんなことになる。往復たった一時間の道のりが、不用意に出発してしまった旅みたいなことになり、現実がちょっとだけ揺らぐ。どこを歩いているのか、いつまで歩くのかわからないまま（これは犬）、何事も起こらず、ちゃんと帰りつけるだろうかと不安なまま（これは私）、ただやみくもに前進する。

帰宅して玄関のドアをあけたとき、私の頭に浮かんだのは、あたたかいジュースのことだった。何はともあれ、まずあたたかいジュースだわ。そう思ったのだ。

それがどんなものなのか、実のところ私は知らない。一度ものんだことがないし、見たこともないのだから。

『ムーミン谷の冬』という本がある。トーベ・ヤンソンの紡いだ大胆かつデリケートな物語群――ムーミン一家をめぐって展開する――のなかでもひときわ味わい深いこの一冊に、「あたたかいジュース」はでてくる。

ムーミンというのは冬眠する生き物で、通常、冬じゅう眠りとおす。ところがあるとき、家族がみんな寝静まっているなかで、ムーミンただ一人が目をさましてしまう。そこから物語が始まる。家のなかは「ふしぎと見なれないようす」をしているし、台所は「ひどくがらんとして、あれはてた感じ」がする。ドアや窓をあけようとしても、「しっかりと、こおりついて」いてあかない。どうしていいのかわからなくなったムーミンは、煙突掃除の引き戸から屋根にはいだし、足をすべらせて転がり落ちる。生れてはじめて目にする、雪というものの上へ。

未知の場所で、彼はいっぷう変った生き物たち――冬眠しない、冬に活動するものたち――と出会い、家族の誰も経験したことのない「冬」という時間を、たった一人で受けとめる。そういうストーリーだから、背景は全編ほとんど空が暗く、なにもかも雪におおわれ、凍りついている。登場する生き物たちも、どこか翳《かげ》を帯びている。

極度の恥かしがりのために、とうとう姿を見えなくしてしまったとんがりねずみたちとか、自由で、だから当然孤独なおしゃまさんとか、みんなに疎まれていることに気づかず、あくまでもポジティブ思考のヘムレンさんとか。

ムーミンにとって我家であり、よく知っているはずの場所が、実は全く知らない場所でもあった、というのがこの物語の輝やかしい肝だ。そして、彼らは元気づけのために、しばしば「あたたかいジュース」をのむ。

その言葉の持つ喚起力に、私は驚いてしまう。だって、あたたかいジュース、ですよ？　りすが仮死状態になる（！）くらい寒い場所では、そりゃあそれが必要だろう。それぞれに事情のある一人ぼっちの面々には、なおさらそれが欠かせないはずだ。のめばほっとして、おなかに灯りがともるみたいな感じだろう。きっと力も湧く。甘みが喉にしみるかもしれない。熱々ではなく、熱々よりすこしだけぬるい温度であるはずだ。ゆっくり浸透し、身体をあたためると同時に空腹をも軽く満たし、気持ちをなだめ、元気をださせてくれる液体にふさわしい温度。

そういうことが全部、はっきりとわかる。色も味も、本のなかでは一切説明されなくて、でもだからこそ、日常的な、ありふれた、共通認識として、そののみものは、そこにまるごと存在できる。

何のジュースなのかもわからない。スグリなのか、りんごなのか、レモンなのか。なんとなく赤い液体であるような気がするが、それはムーミンママのつくる風邪薬のレシピにグレープジュースがあるせいかもしれず、おそらく「何の」ジュースかは全く重要じゃないのだ。ちょうど、私たちが「たのしいお酒をのんだ」とか、「あの人は酒癖が悪い」とか言うときに、そのお酒がビールなのか日本酒なのか、ワインなのかはどうでもいいことであるように。

あたたかいジュース。

犬を洗ったり乾かしたりしてくれる店から帰りついた私は、その言葉を頭に浮かべ、その言葉を味わう。こっくりと甘い、熱すぎないその言葉を。そのようにしてしかのめないのみものというのが、たしかにあるのだ。

そして思う。あー、寒かった。でももう帰ってきた。犬はふわふわ。やれやれ、よかった。

お正月のこと、あるいはまたしてもあたたかいジュース

お正月は普段とはちがう。普段とちがうというのは特別ということで、だから毎年、すこし嬉しい。お正月には東京という街から人も車も減って、空気が澄む（実際、今年の元旦の夜空はすばらしかった。月はくっきりと白く輝き、星もたくさん、つめたく光っていた）。ぜひこうあって欲しいと望むほどにできた例《ためし》はないとはいえ、年末に大掃除（の真似事）をしているので家のなかが普段よりは清潔だし、買物もしてあるので食材が豊富だ。夫は会社に行かなくて済むし、私の仕事用の電話も鳴らない。朝からシャンパンをのんでも気が咎《とが》めない。いいことづくめ。

そして、それにも拘らず、私は毎年お正月休みが終ると、その場に倒れ込みそうにほっとする。普段が帰ってきた！　その喜び。非日常を何とか生きのびた、という、

大袈裟な感慨にさえとらえられてしまう。

理由は幾つかあるのだけれど、一番大きいのはお正月の持つ強迫観念で、私は強迫観念というものが、非常に非常におそろしいのだ。

まず、ゴミ。十二月になるとあちこちに貼り紙がでる。年内の最終収集日（ゴミの種類別に四つの日づけ）と、年始の収集開始日（おなじく四つの日づけ）が一覧表になった紙で、それが出現した瞬間から、私の恐怖は始まる。もしその日にだしそびれたらどうしよう。いいえ、大丈夫、絶対にだしそびれたりしない。日に何度も、胸の内でそうくり返す。買物もおなじことで、必要なものはみんな買っておかなくてはならない、と考えることがすでに恐怖だ。冷凍のきく肉や魚はともかく、野菜は早く買いすぎると傷んでしまうし、かといって待ちすぎると、売り切れる可能性がある（そういうことが、過去にあった）。ドッグフードやペットシートといった日用品も、十分にないと不安だ。お飾りというものの存在が、そこにさらなる圧力をかける。苦飾りの二十九日と一日飾りの三十一日を避けると、二十八日か三十日に買うほかなく、でももし三十日を選んでその日が雨だと困る（傘をさして、あれらの飾りを全部持つことはどう考えても不可能だ）ので、結局二十八日以外に選択肢はない。

滑稽なのは、もし二十八日が雨でも私はその日に行くだろうと思われる点で、それは、三十日がさらなる土砂降りになった場合のことを、想像せずにはいられないからだ。

お正月には銀行も郵便局も歯医者さんも休業している。それらは普段私が極力避けている場所なのに、休業となると俄《にわか》に不安になる。もしお金が足りなくなったり歯が痛くなったりしたらどうしよう。勿論、そういったあれこれの他に、自分の仕事もある。いつもなら当然仕事が優先なのだけれど、事がお正月準備となると、仕事を優先させるのはなぜか気が咎める。とはいえ仕事を後まわしにするわけにはいかないので、私は十二月じゅうつねに気が咎めていざるを得ない。

人々があたりまえにしていることが、なぜお前にはできないのだ、と、誰かに責められている気がする。たとえば、死んだ父に。死んだ父は、何事によらず騒ぐというのが嫌いな人で、普段からきちんと暮していれば、正月だからといって特別に掃除をしたり買物をしたりする必要はない、と言っていた。私もその通りだと思う。元旦なんて、三百六十五日のなかの、ただの一日に過ぎない。

でも。

普段からきちんとは暮せていない私は、せめてお正月くらいきちんとしなくてはと焦る。掃除をし、買物にくり返しでかけ、カーテンを洗い、花を活け、数の子の塩抜きをし、松の葉をかじかんだ手指につきさしながらお飾りもつける。そうしながら、そうしていることが恥かしくていたたまれなくなる。ちっともちゃんとしていないのに、ちゃんとしているふりをしている、と思う。みっともない、と思う。

まったく厄介なことなのだ。おまけに、年末年始、私はたいてい発熱している。風邪をひくわけではない。私には、子供のころから変らない二つの発熱癖があり、それは、①興奮すると発熱する（運動会の翌日とか、誰かと口論したあととか）、②腕の力を使いすぎると発熱する（ぎょうざの皮をこねたあととか、腕相撲をしたあととか）、というもので、昔からなので慣れているのだが、慣れていても、年末年始ほど続くと消耗する。

そういうわけで、お正月が去ったとき、私は今年も全身で安堵した。その安堵は劇的に大きく、早速やってきた締切や、そのための徹夜さえ嬉しかったほどだ。もう怯えずにすむのだ。あれをして、これをして、それもしないとお正月が来ない。その強迫観念の、なんてしぶといこと。否定したいのに否定しきれず、屈したくないのに屈してしまう。恥かしい。それにくらべれば、徹夜が何だというのだろう。

今年一つ目の原稿を書き終えた日に、懐かしい——だって、最後に行ったのは去年——バーにでかけた。

「細工しましょうか?」

ラムのお湯割りを頼んだら、バーテンさんにそう訊かれた。意味不明だったけれど、その人のことは信頼しているので、そうして、とこたえた。

湯気の立つ金茶色の液体は、ごく普通のラムのお湯割りに見えた。一口のんで、でも私は言葉を失った。あまりにもびっくりしたから。

それは、あたたかいジュースだった。ついこのあいだ、一度ものんだことがない、とこの原稿に書いた、あのあたたかいジュース!

私は、帰ってきたと思った。ちゃんとしていない自分に戻ったと思った。嬉しくて悲しいことだった。

「どんな細工したの?」

尋ねると教えてくれたけれど(アンゴスチュラビターが多目に加えられていて、レモンも絞って加えてある)、それがあたたかいジュースなのは、レシピではなく許容の、魔法だったのだと思う。想像通りにおいしく、温かく、滋味豊富だったけれど、すこし淋しい味もすることが、はじめてわかった。

お買物の顚末、あるいはししゃものから揚げあっさり炒め

　ひさしぶりに妹とお買物にでかけた。ただの買物とはちがう。何しろ「お」がつくのだ。服とか靴とか衿巻とかお菓子とか、好きなもの、きれいなもの、気持ちが華やぐようなものだけ買う買物が、「お買物」。

　空は、私たちを祝福するかのようなあかるい冬晴れ。午後一時に、はりきって六本木ヒルズで待ち合せをした。どうして六本木ヒルズかというと、私も妹もこれまで一度もそこをちゃんと見たことがないからで、私はタクシーでそばを通るたびに、たっぷりと風に葉を揺らす並木（冬の夜には、枯れ枝できらきらした電飾がまたたく）や、その下を紙コップ入りのコーヒーとか服を着た犬とかと共にそぞろ歩く人々を横目で見て、なんとなく、いいなあと思っていたのだった。

「きょうは何でも好きなものを、好きなだけ買っていいんだよね」「いい」私たちは意志確認し合う。「持ちきれないほど買ってもいいんだよね」「もちろんいいわ。持ちきれなければ配送にしてもらいましょう」

ところが三十分後、私たちは途方に暮れていた。六本木ヒルズは広すぎるのだ。どこに何があるのか全然わからない。フロアマップというものをもらってみる（建物が幾つもあり、建物と建物が結構離れて建っていることがわかる）。SHOPSと書かれたお店の名前の一覧表に目を凝らし、アルファベット表記の小さな文字を懸命に（というのは老眼だからだが）読んだ。何屋さんなのか、でもさっぱりわからない。

「ここに行ってみる？」

名前の響きが気に入ったらしく、妹が表記の一つを指さした。行ってみると、でもそこはネイルサロンだった。

「お買物する場所じゃないね」

私たちはうろうろした。服や靴を売っているお店の集中するエリアを見つけたが、入ってみても落着かず、すぐにでてしまう。「何でも」買っていい日だとはいえ、いますぐ必要なものがあるわけではないしなあ、と、ややもするとくじけそうになる。

ならんでいるお店がどれもおなじに見えて戸惑う。一時間後、私たちはまだ何一つ買っていなかった。

でも、たのしくお買物をしなきゃ。

どちらもがそう思いつめており、まるまる半日もそれに費すなどという贅沢は滅多にできないのだから、この機会をのがしてはいけない、という奇妙な義務感にもかられ、さらにうろうろした。お店の人とのあいだにも、奇妙なやりとりが重なっていく。

「これ、スカート?」「スカートにもなりますし、ドレスにも、ケープにもなります」「……」(返事できず)とか、「よくいらっしゃるんですか?」「いいえ、はじめて」「えー、びっくり」「どうしてびっくりするの?」「……」(返事なし)とか。

もしかすると、ここで何かを買うには特別な技術が要るのかもしれない。あるいは合言葉とか。そう思った。この場所が悪いわけでは決してなく、この場所に来た私たちが悪いのだ、と気がついたときには、外がすっかり暗くなっていた。

「きらきらを見る?」

私は提案した。青や白の光がまたたくそこの並木は、とりあえずきれいだ。建物内をあまりにもうろうろしすぎていたため、私も妹もすっかり方向がわからなくなっており、並木がどっちにあるのかもお店の人に訊かなければならなかったが、ともかくきらきらの下を歩くことができた。

「普通のお店に行ってみる？」

今度は妹が提案した。普通のお店というのは路面店という意味だ。午後五時。

「ちょっと待って。煙草を一本喫わせて。そうしたらお買物モードに戻れるかもしれないから」

たしかに、まだお店はあいている。

午後八時、私たちは持ちきれないほどの箱や袋を抱えて夜道を歩いていた。寒くて空腹だったけれど、散財後の高揚感に包まれていて、たのしい気持ちだった。小さい店のほうが私たちにはわかりやすい、ということがわかって、賢くなって得をしたような気もした。

窓からあかりをこぼしている一軒の中華料理屋さんに、「看板がキッチュ」という理由で入った。店名が、なぜだかフランス語なのも興味深い。フランスかどうかはともかく、外国のチャイナ・タウンにありそうな店構えだった。「本格」じゃない感じの中華。わくわくする。

私も妹も、メニュー選びに絶対妥協しないことで知られている（周囲に）。それに、お互いの好みは知り尽している。すくなくとも私はそう思っていた。

ところが、なのだ。この日妹が選んだものは、どれも私が予想もしないものだった。妹はほとんどお酒をのまない。私にくらべると好き嫌いも多く、好みが堅実というか保守的なはずだった。青菜炒めとか、小籠包《ショウロンポウ》とか、エビとセロリの炒めたのとかを選ぶだろうと思っていた。くらげとか。レタス炒飯とかわんたんめんとか。

「腸詰と、イカのわた炒め」

妹が言い、私は耳を疑った。お酒ものまないのにイカのわた炒め？　あなたが？

「これもおいしそう」

彼女が指さしたのは、「ししゃものから揚げあっさり炒め」というものだった。から揚げの、あっさり炒め？

その瞬間にわかった。男の人だ。妹のそばには男の人がいて、その人はたぶんお酒をのむのだ。おお、そうか、そういうことか。それにしても極端な変化だなあ。私は、恋情によって人が変化する、という事態が大好きなので、嬉しかった。にやにやしてしまわないように気をつけた。

お買物の余韻は去り、べつな感興――私たちは生きているのだ！　というような――が湧きあがり、勢いよくビールをのんだ。「ししゃものから揚げあっさり炒め」は、とてもおいしかった。

鱈のこと

鱈という魚が好きで、寒い季節によく食べる。鱈はすばらしいと思う。身の、あの美しい白さと舌触り、繊維にそってほどけるような噛みごたえ。

鱈はでしゃばらない。控え目で、心根がよく、思慮深い魚だという気がする。切身でしか買ったことがないので全身の構造はわからないが、切身から判断する限り、びっくりするほど身が豊富だ。小骨がないので食べやすい。自分の身を惜しげもなくさしだしてくれる寛大な生きもので、そこには殉教者のように高潔な精神を感じる。

干し鱈もおいしい――ときどき行くスペイン料理屋さんでは、干し鱈のスクランブルエッグをだしてくれる――けれど、私は干していない鱈の方がより好きだ。鱈ちりにしたりフライにしたり、じゃがいもと一緒にグラタンにしたりして食べる。

鱈を食べると、冬の、暗くつめたい海を連想する。それからグリム童話の「漁師とおかみさん」を。

あの童話にでてくる魚はひらめなので、これは奇妙なことと言わなくてはならない。でも、私にとってはひらめではなく鱈こそが、どういうわけかあの物語を思いださせる魚なのだ。

それはこういう話だ。漁師がある日ひらめをつる。生かしておいてくれ、海へ戻してくれ、というひらめの願いを聞き入れて、海へ返してやる（そのとき、ひらめの口からすーっと血の糸がひく）。漁師は家に帰っておかみさんにその出来事を話す。おかみさんは、ひらめの願いを叶えたのだから、自分たちの願いも叶えてもらってしかるべきだ、と言う。漁師は気が進まないのだが、おかみさんには逆らえない人なので、言われた通り海にでかける。そして、小さいかわいい家が欲しい、というおかみさんの希望を伝える。ひらめは願いを叶えてくれる。けれどおかみさんは満足しない。やっぱり宮殿が欲しい、と言い、今度は王さまになりたい、と言い、次は皇帝になりたい、と言う。ひらめはその都度願いを叶える。でもおかみさんは満足しない。法王になりたいと望み、ついには神さまになりたいと望む。おかみさんの望みがエスカレートするたびに、すこしずつ空が暗くなり、海が荒れていく。いま手元にある福音館書店版（矢川澄子訳、モーリス・センダックの絵がすばらしい）では、漁師が最後の望みを伝えに行く場面が、こんなふうに描写されている。「おもてはしかし嵐《あらし》がごうごうと吹《ふ》きすさび、立っているのもむずかしいほどだ。家や立木が吹《ふ》きたおされ、山々はゆらぎ、岩ががらがら海へころがりおちてゆく。空はコールタールみたいにまっくろで、雷《かみなり》がなり、稲妻《いなずま》がはためき、そして海は教会の塔《とう》か、山ほどもある黒い高波がたち、波頭がひとつひとつまっ白くあわだっていた」

子供のころ、私はこの話がこわかった。お願いだからもうやめて、と、おかみさんに言いたかった。今度こそひらめの怒りに触れてしまう、と思ってはらはらした。でも母はこの話が好きで、ひらめかわいい、とか、おかみさんおもしろい、とか、愉しそうに言いながら、くり返し読んでくれるのだった。ひらめのソテーは母の得意料理の一つで、つくるたびに、ほら、ひらめよ、「漁師とおかみさん」の、あのひらめ、と言った。そう言われると、私は怯《ひる》んだ。

それなのに、大人になったいま、私にその童話を思いださせるのはひらめではなく鱈なのだ。ひらめは、あかるく穏やかな海の底で、のんびり暮している気がする。屈折や思慮とは無縁の魚という気がする。うらしま太郎の歌のなかで、鯛と一緒に舞い踊ったりしているせいかもしれない。

魚には、それぞれイメージがある。私の感じでは、たとえば鮭はやさしそう。鱒《ます》はすこしだらしがなさそう。鰯はのびやかで陽気、かますは几帳面。鰊《にしん》は悲観的で、ひらめは楽観的。おこぜは慎重そうだし、鯛はすこし意地悪そうだ。まぐろは率直に違いないけれど、冷淡なところもあると思う。鯵は真面目だけれど、やや自分本位。かわはぎはナルシスティック。

そういえば、以前読んだ井上荒野さんの小説に、おもしろい描写があった。主人公の女性が、自分より若いある女性（フィットネスクラブのインストラクター）の身体を自分のそれとひきくらべ、「彼女に比べれば私の体には緩みがある」と考える。でも、「彼女が身欠きにしんとすれば私の体は天然ブリだ」と思う。「言わせてもらえば、身欠きにしんになるほうが簡単なのだ。天然ブリを保つためには、知性とか品位とかそういうものが必要なはずだから」と。

妙に納得がいく。勿論、ここでの「身欠きにしん」と「天然ブリ」は人間の体型をなぞらえた場合の比喩であり、「簡単」なのも「知性とか品位とか」が必要なのも人間で、実際の鰊と鰤の性質をくらべているわけではない。魚に罪はないのだ。そして、でもやっぱり、言外にくらべている、と思う。知性と品位。「身欠きにしん」より「天然ブリ」に、それはやっぱりありそうだもの。上手いなあ、と思う（この小説のタイトルは、『しかたのない水』です）。

私なら、断然鱈になりたい。

日本酒をお燗して、鱈ちりを食べながら思う。知性も品位もありそうだし、身がほどけるところがいいもの。

ねぎや白菜を入れる人もいるけれど、私は鱈ちりに野菜は入れない。お豆腐と鱈だけ。静かなお鍋だ。

でも、と、現実生活を営む女としてはすこしだけ躊躇《ちゅうちょ》もする。でも、鱈みたいな体型の女というのはどうなんだろう。ほめ言葉にはならないだろうな、やっぱり。

節分のこと

節分には豆をまく。

豆をまくのは子供の役目だった。節分の夕方か夜に、私と妹が家のなかじゅうねり歩き、トイレやお風呂場も含めた窓という窓から豆をまく。

「福はー内、福はー内」ここまでは、小さい声でもいい。唱えながら、室内に豆を二度まく。それから急いで窓をあけ、

「鬼はー外っ！」と、あらん限りの力をこめて叫び、空気中に豆を投げつけるや否や、大急ぎで窓を閉める。大急ぎで閉めることが大事で、それは、そうしないと鬼が入ってくるかもしれないからだ。

私と妹はいいチームだった。豆をまく係と窓の開閉の係とを交代で務めた。豆が攻

撃で、窓が防御。私たちの想像では、鬼はいつも目と鼻の先に身をひそめていて、隙あらば家のなかに躍り込んでこようとしているのだった。

豆をまき終えて、これで今年もこの家のなかは安全だ、と私たちが宣言すると、父も母も喜んでくれた。

そうやって、妹と私が最後に一緒に豆をまいたのは一九九四年の節分だった。その二日後に私は結婚し、家をでたのだった。

子供のいる家庭では、豆をまくのは子供の役目なのかもしれない。でも家には子供がいないので、私と夫がまくしかない。

豆をまく役は、ずっと私がひきうけている。夫は窓を急いで開けたり閉めたりする役で、はじめのうちこそスローモーだったり（それじゃあ鬼が入ってきてしまいます、と私は言った）、逆に急ぎすぎて私の投げた豆がみんなガラスにぶつかってしまったりした（随分ふりかぶるんだな、と夫は言った）ものだったけれど、いまではかなり上手くやれるようになった。

勿論、毎年大変きまりが悪い。夜気に響くのが子供の声ならばかわいらしいが、大人の女の声なのだ。それも、お酒と煙草ですっかりしわがれた声。近所の人は、さぞ不気味に思っていることだろう。

加えて、食べる豆の数の問題がある。煎った大豆というものを特別おいしいとは思わないので、たくさん食べる気はしない。自分の年の数なんて、到底無理だ。二十歳《はたち》を過ぎたころから毎年、そう思ってきた。でも、なのだ。でも、去年と今年の年齢差というのは例外なく一歳であり、大豆たった一粒だ。去年食べられたのに、たった一粒のせいで今年はもう食べきれない、などということがあるだろうか、と、つい考えてしまう。ここ十年くらいは、何日かに分けて、毎朝お薬みたいに食べることにしている（夫のコーヒーにも添える）。

もし八十歳まで生きたら八十粒の大豆を食べるつもりか、と問われたら、食べないだろう、とこたえる。世のなかの人がみんな、ほんとうに年の数だけ豆を食べていると思うのか、と問われれば、思わない、とこたえる。私の育った家においても、そんなことをする（というか、するように奨励される）のは子供だけで、大人たちはしていなかった。

じゃあ、みんないつやめたんだろう。

私にわからないのはそのことで、たぶん私の問題は、物事のやめどきというのが全くわからないことなのだ。豆まきも、しゃぼん玉を飛ばしたり絵をかいたりする遊びも、もうだめかもしれない恋も。

よく飽きないね、と人に言われる。ええと、つまりしゃぼん玉を飛ばしたり絵をかいたりしているときに。でも、私は物事に飽きないのではなく、慣れないのだ。

だから、免許を持っていても自動車の運転ができないのだと思う。運転していて（以下はすべて昔のことで、二度と自動車の運転はしないので、心配もお説教もしないで下さい）、自分のスピードが遅いことはわかるので、追い越されるだろうなと思っている。つねに思っているのに、実際に追い越されるとびっくりする。トラックだったりするとなおびっくりし、轟音と震動のショックから立ち直るために、ウィンカーをだして左に寄って停車し、一、二分じっとしていなくてはならなかった。クラクションにびっくりし、オートバイにびっくりした。オートバイが私の車を無事に追い越して行くと、無事だったことにまたびっくりするのだ。信号は、青から黄色に、黄色からすぐ赤に変ってもびっくりしない。でも、それを予期してスピードをゆるめているのに青のままだとびっくりし、私がびっくりすると車がエンストし、エンストがまた私を驚かせるのだった。

こういうことは経験を積めばいちいち驚かずにできるようになる、と言う人もいるが、そうではない人間も確かにいるのだ。私はかなり執拗に挑戦したし、ペーパードライバー教習というものも、二度（というのは勿論レッスンの回数ではなく、十数回だったか二十数回だったかのレッスンをまるまる二度、べつなときに）受けた。何一つ変らなかった。エンジンをかけてエンジンがかかると、いちいち嬉しくびっくりしたし、ブレーキを踏んでブレーキがきくと、いちいち嬉しく感動した。慣れないのは性質なのだ。

というわけで、私は今年も豆をまく。年の数だけ豆を食べられるかどうかはわからない。でも試してはみると思う。今年の数を試すのははじめてだから。

豆まきをすると部屋のなかが散らかる。うっかり踏んで粉々になると厄介なので、まいた直後に拾い集めるのだけれど、しっかり拾ったつもりでも、豆は毎年どこかにもぐり込んでいる。積み上げた本の隙間とか、ソファーの脚の陰とか。

何カ月もたって、そういう豆がふいに姿を現わすとびっくりする。でもそれは、ちょっとたのしいびっくりだ。

フライパン問題と目玉焼き

お鮨屋さんのカウンター席で、隣にすわった女の人二人がフライパンについて話していた。他所《よそ》の人の会話を聞くつもりはなかったのだけれど、お鮨屋さんというのは大抵狭く、静かなので聞こえてしまうのだ。四十代半ばか後半くらいの、きれいな女の人たちだった。それぞれ仕事をしていて収入があり、家庭もきちんと営んでいる、そういう風情の二人で、注文のしかたにも余裕が感じられた。

「買えばいいじゃないの。フライパンなんてそう高いものじゃないんだから」

と、一人が言った。

「それはそうなんだけど」

と、もう一人。

「私なんてしょっちゅう買い換えてるわよ、フライパン。あのね、いいこと教えてあげる。フライパンはね、ホットケーキがきれいに焼けなくなったらもうだめよ」

「ええ、それはそうなんだけど」

会話はもっとながく続いたが、結局のところ片方がくり返し買い換えを勧め、もう片方は徹底して「それはそうなんだけど」とこたえているのだった。私はもうすこしで、

「わかります！」

と口をはさみそうになった。

「わかります！　私はそれを、フライパン問題と呼んでいるんです」

と。

テフロン加工が主流になって以来、フライパンというのは基本的には新しいものの方が料理がきれいにできる。くっつかないので、目玉焼きの目玉を壊してしまう心配もすくない（買い換えを主張した女性にとってのホットケーキは、私にとっての目玉焼きみたいなものなのだろう。ぜひともきれいに焼きたいもの）。けれど一方で、手に馴染んでいないフライパンは使いにくい。深さや厚み、重さや大きさ、癖といった

あれこれを、熟知するには時間がかかる。熟知したころには表面の加工が傷みかけているのだが、馴染んだ道具は手放し難い。古いフライパンを捨てられず、新しいフライパンのくっつかなさと洗いやすさも捨てられない。加えて、テフロン加工ではないフライパンもどうしたって要る。中華鍋を持ちだすまでもない軽い揚げものとか、どっしりした肉料理を作りたいときのために。

そうすると何が起こるかというと、フライパンが戸棚のなかにふえていくのだ。どんどん、そしてひっそり。困るし、すこしこわくもある。実際に日々使うものは二つくらいなので、使われないフライパンたちが不満をつのらせている気がするからだ。

お鮨屋さんで二人の女性の会話を聞いたとき、私が感じたのは、だから安堵だった。フライパン問題を抱えているのは私だけではない、という安堵。そしてほとんど確信してしまったのだけれど、私は多くの女の人のなかに、テフロン加工への愛憎相半ばする気持ちがあると思う。勿論二人の女性たちはそんなふうには言っていない。でも、「ホットケーキ」という言葉と、「それはそうなんだけど」という言葉が、十分に物語っていた。逡巡《しゅんじゅん》、そして見切るためのきっぱりした理由。

すこし前まで、フライパンというのはどこの家のも使い込まれて、まっ黒にすすけていた。洗っても洗っても、十全にきれいにはならないものだったし、でも、だからこそだせる味があった。その証拠（？）に、台所を舞台にした神沢利子さんの名作童話のなかでも、フライパンはおじいさんなのだ（『ふらいぱんじいさん』）。私は小学校の図書室でその本を読み、フライパンがおじいさんだということに（他に、おばさんだったり子供だったりする台所道具もいる）、深く納得したものだった。

テフロン加工の場合、新品を少年だとすると、青年が少年に機能においてひけをとってしまい、中年になってくたびれたらもう見切らなくてはならない、というようなことになるのだ（あくまでもたとえです）。

私は偏愛する目玉焼きについて考えてしまう。子供のころ、油のまわった黒く重たいフライパンで、私はちゃんと目玉焼きが焼けていた。縁は焦げてフリルおよびレースに似て波打ち、白身に火ぶくれができるが黄身はきわめてレアな目玉焼き。お皿に移すときには目玉が壊れるんじゃないかとどきどきしたが、どんなにどきどきしても、やってみるよりなかった。

目玉焼きは、テフロン加工ではないフライパンで作った方が断然おいしい。それなのに私はテフロン加工で作ってしまう。のみならず、お鮨屋さんの女性のホットケーキ同様に、買い換え（というか、新品投入。古いものも捨てられないから）の目安にもしている。くっつかない、という機能に一度慣れてしまうと、目玉焼きの目玉を壊すことが、ほとんど耐え難く感じられる。新種のフライパンに甘やかされて、私はすっかり怠惰になってしまった（でも、甘やかされるのが嫌いな女の人なんているだろうか）。

ところで、目玉焼きを目玉焼きと最初に呼んだ人はどういう人なのだろう。豪胆だなあ、と思う。だって、目玉焼き。ぎょっとする日本語だ。英語ではサニー・サイド・アップという美しい名前だし、スペイン語ではウエボ・フリートで、辞書をひいたらウエボは卵、フリートは揚げる、油焼きする、という意味だった。日本以外のどこかに、あれを目玉焼きと呼ぶ国はあるのだろうか。

レッド・アイというカクテルを、ビールもトマトジュースも好きなのに私がのまないのは名前が不気味だからで、それなのに目玉焼きという言葉には抵抗がない。日本人の証というべきかもしれない。というより、私はたぶん目玉という言葉を知るより前に、もう目玉焼きをたべていたのだ。

外は雨

今朝髪を洗っていたら右の耳に水が入って、お風呂からでたあとも水はそこにとどまり、頭を右に傾けて片足でぴょんぴょんと跳ねても、手のひらのつけ根を耳にぶつけてとんとんたたいてみても、でてきてくれなかった。

たえられないほどではないにしても、不快なことは不快で、犬のように頭を振ってみたり、コットンチップを使ってみたりした。でも水はそこにとどまっていた。ただ、時間がたつうちにだんだん自信——というのもへんだけれど、他に何と言っていいのかわからない——が揺らいでもきて、右耳は依然として不快だったのだが、それは気のせいかもしれないという気がし始めた。水が、そんなにながく耳のなかにとどまっていられるものだろうか。知らないうちに外にでたか、蒸発したかしたのではないか。

いま感じている不快感というか違和感は、余韻もしくは残響と呼ぶべきものであり、要するに私の思い込みなのではないか。

それで、水についてはとりあえず忘れることにして、仕事を始めた。とろっと、あたたかい水が右耳を濡らしたのは、それから三時間ちょっとたったときで、私は忘れることに成功していたので驚いたが、勿論すぐに思いだし、ああよかった、でてきてくれた、と思った。耳は、私以上に喜んでいるようだった。さっぱりとして、元に戻って。

途端に私は、ものすごくたくさんのことを思いだした。あまりにもたくさんのことをいっぺんにごちゃごちゃに思いだしたせいで、書いていた原稿から、意識がすっかり離れてしまったほどだった。

どれも夏の記憶で、順不同にまざりあっておしよせてきた。いまは二月で、きょうはまたひときわ寒くて、みぞれになりそうな雨が陰鬱に降っていたのに。

たとえば小学校のプールを私は思いだした。プールサイドについた自分の足あとや、先生の吹くホイッスルの音や、みんなの上げる盛大な水しぶきを。こうらぼしをするときお腹に伝わるコンクリートの温かさや、すこしずつ高さの違う、数字の書かれた飛び込み台を。五年生なのに二千メートルを平泳ぎで（二十五メートルプールを何と四十往復！）泳げたばかりか、泳ぎながら声援に応えて喋った（「軽い軽い」といったような言葉だったと思う）男の子がいたことまで思いだした。

あるいは祖父母の住んでいた静岡の、三保《みほ》の松原の海岸を。そこにいくといつもたべさせてもらったみそおでんや、海からあがるときにいくらきれいに洗っても、砂浜を歩くとすぐまた砂が足を汚すのが心底いやだったこと。祖父になついていた猿や、トタン塀に反射する日ざしや、庭のたらいで水浴びをしたこともつながって（重なって？）思いだした。

どこなのか判然としないあちこちの海も。布に錆《さび》のしみがついた日傘や、安直な発泡スチロールのカップに入ったかき氷も。かき氷は絶対に黄色で、それは私が昔から、海では氷レモンしかたべないことに決めていたからだ。海でたべる氷レモンは、すべてにしっくりきておいしいのだ。

他にノースキャロライナという名前のキャラメルと、車酔いのことも思いだした。それは昔、お向いに住んでいた一家が自家用車――当時はそう呼んでいた。うちに車はなかったから、私には物珍らしかった。鳥の羽根を円柱形に束ねたような道具で、その家のお父さんが車の埃《ほこり》を払う姿を憶えている――でどこか遠くのプールに連れて行ってくれたときの記憶だ。その施設は新しく、長いすべり台だったか波の立つプールだったか、何かそのようなもののために人気があったのだけれど、あまりにも人が多くて、それにおそらく車酔いと両親の不在も心細くて、私はその日、水には入れなかった。

そういったあれこれが、いま書いた程度の秩序さえなく、ほとんどひとかたまりにからまりあって、暑さや光や匂いや音ごとよみがえってきたのだった。とろっと、耳から水がでた途端に。

一体どういうことだろう。私はこれらの場所で、そんなにしょっちゅう耳に水を入れていたのだろうか。いくら不器用だったにしても、そんなはずはないだろう。ばた足と背浮きしかできなかった（し、いまもできない）が、水に入ることは好きだった。水に関してはいまより随分勇敢で、水中で目をあけることも平気だった（というより、目をつぶってしまうことの方がこわかったのだ、あのころはつねに。だから歯医者さんでも目をあけていた。先生の眼鏡に映った自分の口のなかと、そこに施される治療をじっと見ていた）。耳に水が入ることももしかしたら平気で、ちょっとおもしろい、くらいに思っていたのかもしれない。

ともかく記憶の生々しさに茫然とし、私は仕事を中断して台所におりた。お腹がすいてしまったのだ。泳いだあとみたいに。いつもはお風呂のあとに果物をたくさんたべるのが朝昼兼用の食事で、そのあとは夜まで何もたべないのに。

私はうどんを作ってたべた。ほんとうはきつねうどんがたべたかったのだけれど、油揚げがなかったので青ねぎと玉子のうどんになった。そしてそのあと、書きかけの小説に何となく戻れず、これを書いてみた。

外はもう暗く、依然として寒く、雨が降っている。みぞれになるらしい。

七時に新宿で友人の誕生パーティがあるのだけれどもう六時五分で、これから仕度をするのでたぶん一時間は遅刻だ。でもきょうは夏に、それも随分遠い夏に、突然連れて行かれてしまったので仕方がない、と、思うことにする。

さすらいのウェイターのこと

心のなかでひそかに、「さすらいのウェイター」と名づけている人がいる。

彼とはじめて会ったのはもう随分昔で、場所は渋谷のイタリア料理店だった。そのころ私はそこに、当時つきあっていた男の人とよく行っていた。甘いソースのかかった温かいフォワグラを、バターをたくさんつけたフランスパンにのせてたべる、というような、これで太らでか、なことをするのがたのしかった。私たちはたくさんたべる恋人同士だったし、私にはそのことが誇らしかった。というのも、いまでは誰も信じてくれないが、私はその男の人に会うまで少食だったから。果物と野菜、それにお菓子はたくさんたべていたが、動物性のものは（バター以外）すこしで苦しくなるのだった。子供だったのだと思う。男の人によってひきおこされた自分の変化に、私は有頂天だった。

その店に、ある日新顔のウェイターがいた。ほっそりした体型で、造作の整った顔に黒縁眼鏡をかけていた。

「あの」

私たちが注文を終えると、ぶっきらぼうな声でそのウェイターは言った。

「それではすこし多すぎると思いますが」

私の隣にいた男性が、どう思ったかはわからない。でも私はそのとき、誇らしさと歓喜で胸がいっぱいになった。〝この人こんなこと言ってる!〟つきあっていた男性の顔を見て、視線でそう伝えたと思う。

大丈夫だから持ってきて、と言ったのが私だったか男性だったかはもう憶えていない。でも、私たちはその夜、注文した料理を勿論全部たいらげた。

「あの子、いいね」

そしてそう言いあった。ぶっきらぼうなウェイターは徹底してぶっきらぼうで、いつ行ってもぶっきらぼうだった。私も若かったが、彼はもっと若かった。まるで学生みたいに見えるのだった。

やがて、私の有頂天な恋は終り、その店にも行かなくなった。

何年も何年も過ぎた。

あるとき、下北沢のフレンチ・ビストロに行った。外観の赤い二階建ての店で、オーナーだか店長だかが、フランス人だということだった。連れて行ってくれたのは、当時下北沢に住んでいた辻仁成さんで、他に、編集の人やデザインの人や音楽関係の人や、いろいろな人たちが一緒にいた。何の集まりだったのかは思いだせない。でも時間はかなり遅く、私たちはすでに食事を終えていて、さらなるお酒と何かつまむものを求めて、その店に入ったのだった。二階の、屋根裏みたいな部屋に通された。古い、木造の、とても洒落た建物なのだった。人数が多いので、その部屋を占領する形になったと思う。幾つものテーブルに分かれて、私たちは坐った。

「江國さん！」

辻さんの横に立ってみんなの注文をとっていたウェイターが、いきなり私の名前を呼んだ。すらりとした美しい男の人だったが知り合いとは思えず、なぜ名前を呼ばれたのかわからなくて私はぽかんとした。他の人たちもみんな、何が起こったんだ？という顔で私たちを見ていた。

「あの、僕、以前渋谷の……」

店の名前を言われ、さらに数秒かかって私はようやく思いだした。まあとかわあとか歓声をあげ、おひさしぶりですとか、お元気そうでとか言葉を交わした。思いだしてみればおなじ人の顔だった。色の白いところも、黒縁の眼鏡も。でも彼はもう全然ぶっきらぼうじゃなかった。

「ここ、ちゃんと熱いフォンダンショコラがありますよ」

ずっと昔にした会話を憶えていて、笑顔でそう勧めてくれたのでびっくりした。ワインにも詳しく、その洒落た店によく似合う、大人っぽいウェイターになっていた。

私はその店が気に入って、数週間後にまた行ってみた。でも彼はいなくて、訊くと辞めたということだった。もともと臨時だったのだそうだ。

また何年も何年もたった。

あるとき広尾のイタリア料理店に行くと、迎えてくれたのは彼だった。私はものすごく驚いたけれど、彼は驚いていなかった。予約の名前を見たので、いらっしゃることはわかっていましたから、と言った。やっぱり黒縁の眼鏡をかけていたが、髪が、ほとんど坊主に近いくらい短くなっていた。フロアでは先輩格らしく、他のウェイタ

ーに指示をだしたりしていた。当時、私はときどきその店に行っていたので不思議に思い、

「いつからここにいるの？」

と訊いてみた。

「二週間前です」

というのが彼のこたえで、

「でも、僕、昔ここで働いていたので」

とのことだった。私は笑ってしまった。昔っていつよ。どうしてそんなに転々としてるの。それにしてもよく会うねえ。そう思ったからだ。私たちはさらに話した。彼はその店も「臨時」で、そのあとどこで働くかは決めていないと言った。なぜなら今年はフランスでワールドカップがあり、それを観にフランスに行くつもりだから、と（ということは、あれはフランス・ワールドカップの年だったのだ）。

「お知り合いですか？」

そのとき一緒にいた人に訊かれ、私は昔からの知り合いだとこたえた。彼の名前も知らないのに。

「あの人、さすらいのウェイターなの」

そう説明した。

それ以来彼には会っていない。最後に会った広尾の店は「イ・ピゼリ」で、その「イ・ピゼリ」ももうない。でも私はいまでも、知らないレストランに行くときにときどき、彼が現れるんじゃないかと、どこかですこし、期待している。

最近の至福

夫とスーパーマーケットに買物に行って、帰って袋の中身をだしていたら、カップ麺が一つでてきた。

「なに？　これ」

普段たべる習慣のないものなので、私は訊いた。

「あんまりじっと見てるから、欲しいのかと思ってカゴに入れたんだよ」

というのが夫の返事で、私は、そうなの？　と思った。カップ麺を欲しいと思った憶えはなかったけれど、台所でそれをしげしげ眺めたら、理由がわかった。私には、言葉に衝撃を受けるとその場から動けなくなる癖があり、ついこのあいだもコンビニエンス・ストアで、手にとったペットボトル入りの水に巻かれていた帯に、「からだにうるおうアルカリ天然水」と書かれているのに目が釘づけになり、からだにうるおう天然水？　水が、うるおう？　と、何とか理解しようと懸命に思考をめぐらせていて、「冷蔵庫、閉めてください」と、店員さんに注意されたばかりだった。

そのすこし前にはドラッグ・ストアで、「足なり靴下」というものを見て動けなくなり、一緒にいた人に、「欲しいの？」と訊かれてもいた。ついでに言うと、足なり靴下というのは、足首から先が最初から直角に、足に添うよう曲がっている靴下のことで、私はそれを理解するのに時間がかかったのだけれど、世のなかの人たちはみんな、瞬時に理解できるのだろうか。

話を戻すと、カップ麺。そこには、理解できない言葉が書かれていたわけではない。ただ、「至福の一杯」と書かれていただけだ。でも私は衝撃を受けてしまった。至福？　ほんとうに？

私はカップ麺を軽んじるつもりはまったくない。便利だし、お店でたべるラーメンとはまた違うおいしさがあることも勿論知っている。日清のカップヌードルがはじめて登場したときには、私は小学生だったがすぐに頼んで買ってもらい、せっかくお湯を注ぐだけでいつでもどこでもたべられる画期的なものなのに、普通の食事みたいに家のなかでたべるのでは意味がない、と主張して、マホービンにお湯をつめて近くの空き地にでかけて、どきどきしながら一人で戸外でたべたのだった。しみじみおいしい、と思った。そのあとカレーカップヌードルが発売になったときにもすぐに試した。マホービンと共に空き地にでかけ、そのときには近所のお友達と一緒にたべた。やっぱりおいしいと思った。おそらく玉子と思われる、ふわふわしてまるい、黄色いものを大事にしてたべたことも憶えている。

でも——。

至福。ほんとうに?

私はそのときスーパーマーケットの通路で、至福という言葉の持つありとあらゆるイメージを思い浮かべて、なんとか目の前のカップ麺とつなげようと努力していたのだった。なぜそんなことをしなくてはいけないのか、訝《いぶか》る人もいるかもしれない。なぜなのか、自分でもわからない。でもどうしても、そうせずにいられない。言葉で中身を理解したい。言葉がきちんと機能していることを、確かめたい。

何分かかったかわからないが、じっと考えて、私は私なりの理解に至った。それは、「これはたぶん、『至福』という言葉の持つある種の大袈裟さ、いっそ不可能さ(桃源郷的意味合いにおいて）と、手軽で現実的なカップ麺との意表をついた組合せによって、購買者をくすりと笑わせようとするユーモアなのだろう」というもので、そう納得すると満足し、ようやく立ち去ることができた。

カートはうしろから歩いていた夫が押していたので、彼は私の様子から欲しがっているると判断し、欲しいなら買えばいいじゃないか、と口で言うかわりに一つとってカゴに入れてくれたのだった。

「うれしい」

私は言った。お店で、山のような同種の商品と一緒に、通路まるまる一本分を埋めつくすように積まれて売られていたときには気づかなかったのだが、こうして一つだけぽつんとやってきてみると、そのカップ麺はとても可憐な佇いをしていた。まず、最近主流らしい丼型ではなく、ほっそりとした縦長の、なつかしいカップヌードルとおなじタイプの容器である点がよい。あつかましくない。それに、「きいちのぬりえ」を思わせる、どことなくレトロな青インクの印刷文字で、「雲呑麵」とあるのもよい。しかも、その横に書かれた文言は、「至福の一杯」。

眺めれば眺めるほど可憐なのだった。

私はそれをしばらく飾っておいた。デザインの素朴さが、子供の玩具みたいで見飽きない。何週間かすぎたころには、私にとって「至福」という言葉は、直結的にその雲呑麺を想起させる言葉になった。

ただ、そうなるとたべるのに勇気が要る。神々しいばかりの「至福」のイメージが頭のなかにひろがり、現実の味はそれにとても追いつけないだろうから。

そういうわけでたべる決心をつけられずにいたところ、ある日夫がおなじものを五個買ってきた。至福の雲呑麺を、五個！

「もったいながってたべられないみたいだから」

というのがその理由で、私はありがたいような、困るような、どちらともつかない気持ちになった。そして、たべてみた。

澄んだスープの味といい、細くて素直な麺といい、つるんとしたワンタンといい、それは大変おいしいものだった。冬の、晴れた昼間にぴったりのものだと思った。言葉の力とはおそろしいもので、それは、まさに至福の味がしたのだった。

ニューヨーク・大雪とドーナツ

ニューヨークに来ている。着いた日はみぞれまじりの雨が降ったり止んだりで、次の日は快晴だったけれど風が強くて初日より気温が低く、三日目はまたみぞれで、降っても照っても毎日大変寒いのだった。

きのうは大雪だった。おとといの夜、寝るときには降っていなかったのに、早朝、目をさますと世界から音が消えたようになっていて、窓の外は何もかもがすでに厚く雪をかぶり、さらなる粉雪が霏々《ひひ》と、まるで空と地上のあいだの空間をすべて埋めつくそうとするかのように、勢いよく降りしきっていた。

日課にしている二時間のお風呂からあがるころには、雪の一ひらずつがすこし大きくなっていて——それともあれは、周囲があかるくなったためにそう見えただけだろうか――、向いのビルの屋上――おそらく、テラスつきのペントハウスだと思われる――で、真黒な犬が雪まみれになって遊んでいるのが窓から見えた。

私は友人に会う約束をしていた。待ち合せ場所の念押しをするための、手紙というかメモのようなファックスも受け取っていて、それによると待ち合せ場所までは、船に乗って行くようだった。空模様が空模様なので心配になり、フロントに電話をすると、幼稚園と小学校は休校で（私はそういう場所には行かない、と、反射的に思った）、飛行機も次々欠航になっているが、船はいまのところ運航予定だと教えてくれた。それで私は仕度をし、ころころに着ぶくれてタクシーに乗った。

その友人に会うのは十年ぶりで、会えるのが嬉しい半面、信じられないような気持ちでもあった。十年前に会ったときも、十数年ぶりの再会だった。だから実質――というのは間違った言い方ですね。でも、親しかったころから数えると――二十数年ぶりなのだ。

タクシーをおり、積もった雪を踏みしめ踏みしめ船着き場に行くと、でも船は欠航になっていた。

わあ、というのが、私の思ったことだった。わあ、困った、というのが。船がでないのでは、待ち合せ場所に行かれない。ということは、彼女もこちらに来られない。しばらく茫然としたあとで、公衆電話を探せばいいのだと気がついた。私は電話を持っていないが、彼女は携帯電話を持っているから。それで、また、雪を踏みしめ踏みしめ、歩いた。

電話はなかなか見つからず、それ以前にそもそも私がなかなか前に進めず、街仕様のブーツと、ホテルで借りた重すぎる傘（あとでわかったのだが、傘の上に雪がびっしりくっついていた）を投げ捨ててしまいたい気持ちになったとき、それが目に入った。それというのは公衆電話ではなく、スターバックス。

自慢ではないが、私はこれまで一度も、スターバックスという店に入ったことがない。入るのが何となく気恥かしい、というのがその理由で、気恥かしいから近寄らない、と周囲に公言してもいた。禁煙だし、フレーバーとかトッピングとか、よくわからないことを訊かれるらしいし。でも——。降りしきる雪のなかで、私はその緑色の店をじっと見つめた。店は道の向う側だが、私の前にはまっすぐ横断歩道がのびている。まるで、『オズの魔法使い』の黄色いレンガの道みたいに。

気恥かしさに拘泥している場合ではない、と、私は判断した。寒かったし、お風呂あがりに水をのんだだけだったので、ぜひともコーヒーがのみたかった。これまで一度も入らずにきたのに、と思うとすこししゃくだったけれど、殺風景なオフィスビルの立ちならぶその界隈で、そんな時間にあいている店は他にありそうもない。

入ってみると、そこは想像どおりあかるく、想像どおり暖かく、気恥かしいことは何もなく、ごく普通のカフェだった。コーヒーの、いい匂いがたちこめている。私はコートのボタンをはずし、二、三人いたお客さんのうしろにならんだ。外はまつ毛が凍りそうに寒いのに、お店の人たちはみんな半袖のポロシャツを着ていた。腰にきりっとエプロンをして、笑顔でてきぱき働いている。そして、私はガラスケースにドーナツがあるのを見つけた。ドーナツ！　濡れたブーツのなかで足がかじかみ、突然の温度変化で鼻も頬も赤くなっているに違いないこういうときに、コーヒーとドーナツ以上にふさわしいものがあるだろうか。

私は入口近くのテーブルにつき、熱いコーヒーをのんでドーナツをたべた。おもては吹雪なのにそこは暖かく、ドーナツは甘く、さっくりしていておいしかった。いいところじゃないの、スターバックス。そう思った。

ドーナツをたべると、いろいろなことを思いだす。かつて、一年間だけアメリカの田舎町に留学していたころのことを。ともかく、何かというとドーナツなのだった。私と、仲のいい女の子たちのあいだではそうだった。小さなパーティ、試験勉強、ドライブ、内緒話、何をするにもドーナツが欠かせなかった。十二個買えば一ドル九十九セント（たぶん）になる、という不思議なシステムが当時ダンキン・ドーナツにあり、十二個もたべられないだろうと思うのに、買うとたべてしまうのだった。

そんなことを思いだし、身体も温まって落着くと、公衆電話を探すより、タクシーでまっすぐホテルに帰って電話をする方が、断然早いし確実だ、ということにやっと思い至った。それでそうしてみたところ、驚いたことに、ホテルのロビーで、その友人が待っていてくれた。

「船が動いてないのに、どうやって来たの？」

互いに歓声をあげたあと、釈然としない思いで訊くと、友人は怪訝《けげん》な顔をして、

「私が住んでるのはマンハッタンだもの」

と、言った。それからいきなり笑いだし、私が物事を全然把握していないのが昔どおりで可笑しい、と言い、把握していないのに行動できるところがすごい、とも言ったのだけれど、枚数が尽きてしまったのでこれは次回に続きます。

ニューヨーク・ぶたの鼻

友人が説明してくれたことによると、私がきのう乗る予定だった船はリバティ島行きで、リバティ島にあるのは言わずと知れた自由の女神で、彼女は私とそこで再会したらおもしろいだろうと考えたのだそうだ。随分昔、それこそ私たちがドーナツばかりたべていたころに、そこでちょっとしたトラブル（たいしたことではありません。留学生——私は日本からで、彼女はイタリアから——にはよくある類の、いまとなっては笑い話）に遭遇したことがあり、いわば記念の場所だから、と彼女は言うのだった。

「あなたはそこに、どうやって行くつもりだったの？」

尋ねると、おなじ船で、と、しゃらっと言う。私は全く驚いた。おなじ船で？　じゃあ船着き場で待ち合せればいいのでは？　そして、でもやっぱり笑ってしまった。

変ってる、と思ったからで、二十数年前にも私はしばしばそう思ったのだった。この人、変ってる、と。男の子みたいな服ばかり着ていて、それがとてもよく似合っていた。議論好きで、先生の言うことにもすぐ異を唱えたがった。笑い上戸で、でも泣くときの泣き方も激しいのだった。

目の前の彼女はもう男の子みたいな服装はしていなかった。立派な奥様然として見えた。でも、彫りの深い顔立ちと、肩幅の広いところは昔のままだった。

吹雪のなか、私たちは地下鉄でハーレムに行き、しっとりした雰囲気の由緒正しそうなレストランで、フライドチキンとワッフルという、すてきにおいしいお昼ごはんをたべた。シュガー・ヒルという名前の地ビールものんだ。

外国で、古い知り合いに会うのはほんとうにたのしいことだ。でも同時に、会わずにいたあいだに新しくできた生活が、突然架空の物語みたいに遠く感じられて戸惑う。自分がもう二十歳じゃないということが信じられない、などと言ったら、厚かましいと叱られるのだろうけれども。

というのがきのうの話。

きょうは一日どんよりと曇っていた。午前中はお風呂に入り、午後はずっと部屋で仕事をした。

ところで、私はここに着いたその日に、変なものを買ってしまった。変なものというのはウイスキーで、しかもスコッチ。アメリカに来てなぜスコッチ？　と、自分でも思う。それに、私は確かにお酒が好きだけれど、レストランやバーでのめれば十分であり、ホテルの部屋の備品の、ミニチュア・ボトルにさえ触ったことがない。それなのに一壜まるまる買ってしまった。

場所はノリータで、夕暮れどきで、酒屋さんの灯りがいかにもあたたかげに見えたからかもしれない。私は最近できたらしい現代美術館をのぞくつもりで歩いていて、美術館のならびにあったその酒屋さんに、気がつくと入っていた。酒屋さんというよりワイン屋さんと言うべきなのかもしれない。洒落た造りの、間口は狭いが奥行きのある店で、日々のテーブルワインから、値札のついていない――触るのもこわい――ヴィンテージワインまで、壁にも床にも、棚や木箱にぎっしりならんで売られていた。私はワインにくわしくないけれど、壜の色や形、エチケットのデザインを眺めるのは愉しい。買われた先でその壜が置かれるテーブルや、中身の注がれるグラス、料理や、部屋の様子まで想像してしまう。魚介のパスタだな、とか、庭でバーベキューするときかも、とか、料理はなしで、チーズやスナック菓子と一緒にのむのもありだな、とか、テレビをみながらかも、とか、寝室かも、とか、想像が広がるのは断然手頃な値段のワインの方で、それは高価なワインだと、高級レストランの風景および料理しか、私には思い浮かばないからだ。

エスニックなお酒——ラムとか、日本酒とか——も充実していた。ウイスキーも。とくにウイスキーは、壁が四角くひっこんだような、小さくひっそりした小部屋状の空間の三方に造られた棚に、天井までびっしりならんでいる様が美しく、まるで図書館の書棚の前に立っているみたいに心が躍った。そして、そこにそのスコッチがあったのだった。日本に輸入されているかどうかは知らないが、はじめて見るウイスキーだった。名前はPIG'S NOSE、ぶたの鼻。私の目は、そのラベルに釘づけになってしまった。淡い、ややくすんで渋い感じのピンク色（まさにぶたの肌を思わせる色）の地に、黒い線で描かれた、リアルなぶたの絵がついている。横から見た図で、胴体の途中まででラベルが終っており、裏に貼られたラベルの方に、お尻と後ろ足が続いている、という洒落たデザインで、シックこの上ない。描かれたぶたがまた大変美しく、自分が一頭の立派なぶたであることに、誇りを持っている立ち姿と表情なのだった。ぴんと立った耳、上を向いた大きめの鼻、笑っているように見えなくもない意志的な口元、思慮深げな目。

壜の首の根元に貼られた小さなラベルには、赤い文字でAGED 5 YEARSと、5を強調して書いてあり、ウイスキーの経てきた年数だとわかってはいても、つい、お、このぶたは五歳か、と感じてしまう。ぶたの絵の下にはやはり赤い文字でPIG'S NOSEと記され、そのさらに下に小さい黒い文字で、このウイスキーはぶたの鼻とおなじくらいソフトでスムースなのだ、と書いてある。ぶたの鼻とおなじくらいソフトでスムース!! のみたい、というより、のまねば、と思った。思ったときにはもうレジにならんでいた。酒壜ではなくぶたの子供でも抱くみたいに、そっと大事にそれを抱いて。

それで、いまこの部屋にはそれがある。液体を飛行機に持ち込むことはできないので、帰るまでにのみ干して、空き壜を持ち帰る予定。ウイスキーは確かにとてもなめらかで、やさしい味だった。毎晩寝る前に一、二杯のんでいる。でも旅はたった一週間なので、のみきれるかどうか不安だ。ともあれこれから夕食にでて、あさってには帰ります。

めかぶの湯通し

春になると、犬の散歩に時間がかかる。舗道の隙間や街路樹の根元に生えた雑草という雑草を、うちの犬が熱狂的にむさぼるからだ。衛生的とはいえないし、たべていい草とわるい草の区別が彼についているのかどうか心許ないので、やめさせるべきかもしれないと思いはするのだが、犬は全身全力でそれをたべたいと訴え、他の季節にも雑草はあるがたべないのだから、無闇やたらにむさぼっているわけではないはずだとも思え、結局私はたべさせてしまう。

春の野菜はたしかにおいしい。葉ものがみんな青々としてやわらかいし、グリンピースも絹さやも甘い。「新」という接頭語のつくじゃがいもや玉ねぎは、小ぶりで食感がみずみずしい。それに、この季節にしか出回らない、すばらしい風味の野菜もいろいろある。蕗《ふき》（ああ、蕗！ 私はあの野菜が野蛮なまでに好きで、生前の母には「ふきすきちゃん」と呼ばれていた。おいしい蕗を想像すると、いまもめくるめいてしまう）、独活《うど》、たけのこ、たらの芽、そしていい匂いの根がしっかりついた芹。

この時期の私は、そういう野菜を毎日くるったようにたべて暮している。生で、茹でて、煮て、揚げて――。それなのに犬から、生えたばかりでやわらかい（に違いない）、土の匂いの青々した雑草をたべる喜びを、奪うわけにはどうしたっていかない。勿論、犬にはうちで、生野菜もゆで野菜もたべさせている。でも、道端の草を嬉しそうにむさぼる彼――噛んでいるあいだ、恍惚の表情を浮かべる――を見ていると、人間が店で買う野菜にはない野趣や香味が、雑草にはあるのだと思わざるを得ない。

そういうわけで、私も犬も、春野菜には抗《あらが》えないのだ。

きょうはめかぶをたべた（犬がではありません）。

めかぶは、花のような形というか、花を象《かたど》った浴用タオルみたいな形をしている。最初は鈍い茶色だが、熱湯をかけるとみるみる鮮やかな緑色になる。

私がそれを知ったのは、ほんの数年前だ。湯通しの瞬間を、友人の家の台所でたまたま目撃した。「それは何？」私は目を見ひらいて尋ねた。もっとも、友人の記憶では「絶対に違う」らしく、「目は見ひらいたかもしれないけれど、そのあとの言葉は『それは何?』ではなく、『もう一度やって』だった」と言うのだが、どちらの記憶が正しいにしても、お湯で色を変えるその物体に、私は大きな感銘を受けたのだった。以来、春になって生のめかぶが店頭にでると、嬉々として買う。新鮮な海草は味もいいが、それよりも、湯通ししてたちまち青々とすきとおる、あの目のさめるような瞬間を味わいたくて、買ってしまう。

不思議なのは、私が知る以前からめかぶは当然店頭に存在したはずで、それなのに私にはそれを見た憶えも、これは何だろうと訝しんだ憶えもない、ということで、人は、興味のないものが見えないのかもしれない。目を皿のようにして、鮮魚売場のガラスケースにならんだ商品を、物色しているつもりのときでさえも。

私は、いちばん大きなステンレスのボウルに、育ちすぎたきくらげとでも言うべき形状の、茶色い塊を一つ、置いた。沸かしたてのお湯をやかんから注ぎ入れる。あふれんばかりに、なみなみ。めかぶはさあっと色を変え、お湯のなかですこしふくらむ。緊張をといたみたいに。私は、海にも春がくるのを目撃したような気になる。そして、昔、家族の年中行事の一つだった書き初めで、妹が書いた「はるのうみ」という字まで思いだした。はるはるこのはるでもあるからちょうどいい、という理由で父が選んだ文言で、力強い筆致で書かれたそれは、掛け軸となってしばらく鴨居からぶらさがっていた。

めかぶを刻むと、まな板に透明なとろとろがつく。その透明なとろとろも、抹茶の粉でもまぶしたみたいに緑色で、台所の電気に光ってきれいなのだった。

きょうはそのままおしょうゆをかけてたべた。他には塩こぶと一緒にごはんにかけたり、酢のものにしたり、独活と一緒に煎り酒とごま油で和えたりしてたべる。大人になってから知ったので、私にとってめかぶは目新しい食材で、どうやってたべるのがいいのか、ほんとうはよくわかっていないのだと思う。

めかぶに限らず海草全般を、私の育った家ではほとんどたべなかった。父が嫌っていたせいだ。例外は佃煮のこぶと焼き海苔と若布だったが、その若布にしても、若竹煮のとき限定で、それ以外にはたべないのだった。

嫌うというのは、でも正しい表現ではないかもしれない。嫌いとか好きとか以前に、父は海草を、たぶんたべものとして認識していなかった。宴会料理の大皿にのった、鶴や亀の形に切った野菜とか、エディブル・フラワーと呼ばれる添えものの花とか、フィンガー・ボウルに浮かんだ輪切りのレモンとか、とおなじ感じに見ていたのではないかと思う。飾り、彩り、何にせよ自分には関わりのないものとして。

きっと私も無意識のうちに、そういうものとして海草を見ていた。

それが、いまや、嬉々としてめかぶの湯通し。

海草というのはどきどきするたべものだ。生若布は、あまりのみずみずしさにどきどきするし、もずく酢はとてもおいしいが、冬の森を連想させる不穏な見かけにどきどきする。生のりの鮮烈さは、いたいけな気がしてどきどきするし、海ぶどうは美しさにどきどきする。名前はわからないけれど、白いのと紫色のとがある海草は、唇にふれたときのゼラチン的肉感にどきどきする。

どきどきは、なんとなく春にふさわしいと思う。

白いパンと黒いパン

『グリニッチヴィレッジの青春』（河出書房新社）という本を読んだ。著者のスージー・ロトロは、かつてボブ・ディランの恋人だった女性で（ボブ・ディランの二枚目のアルバム「フリー・ホイーリン・ボブ・ディラン」には、寄り添って歩く二人の写真が使われていて、それは日本でも有名なアルバムジャケットであるらしい）、この本にも彼との日々やエピソードが幾つも綴られてはいるのだが、それとはいっそ無関係に、一人の女性の魅力的な自伝（といっても、描かれるのは少女時代から二十代後半まで。私としては、彼女がそのあとどうなったのか、ぜひ続きが読みたい）、または回想録として、とてもおもしろいものだった。

でも、いま私が書こうとしているのはスージー・ロトロのことでもボブ・ディランのことでもなく、六〇年代のことでさえなくて、白いパンと黒いパンのこと。

というのも、この本に、こういうくだりがあったからだ（政治に強い関心を持つ二十一歳だった著者が、アメリカが渡航禁止を決定した直後のキューバを旅したときの話です）。

「チェ・ゲバラと農業計画部門の長官は、国民の健康上よくないとわかっていながら白米を供給している理由を説明した。白い小麦粉、白米、白いパンは豊かさの印であり、貧困に結びつく茶色の粉や米に切り替えるには、心理的な意味でタイミングがよくないとのことだった。苦渋の決断だったと彼らは言った」

自国民の健康を、そんなにまで考えてあの国の体制はスタートしたのか、と私は感動したのだが、文章はこのあと、「さらに、キューバ人たちがとてもなつかしがっているコカコーラの複製品をつくろうとしている話も聞いた」と続き、コカコーラ？あんまり健康によさそうにも思えないけれどいいのかな、まあ、それは嗜好品だからべつなのかな、と、首をひねりながらもなんとなく微笑ましく、そういう彼らの発想の、大胆さと真摯さと、おおらかさとしたたかさに感心した。

社会主義の国に住んだことのない私は、でも、何色のパン（やお米）をたべるかくらい、一人一人が好きに決めてもいいじゃないの、とやっぱり思ってもしまう。経済が許すなら、いろいろ選べた方がたのしいじゃないの、と。そう考えた途端に、思いだすのは勿論『ハイジ』だ。ヨハンナ・スピリが百年以上も前に書いた、あの豊かで破天荒な物語が私は好きなのだけれど、この本のなかで、「白いパン」は特別なパンだ。どのくらい特別かというと、ハイジたちの日々たべている黒いパンは黒いパンではなくただ「パン」とだけ表記され、そのいつもの「パン」より上等の、やわらかいパンだけ「白いパン」と表記されるのだ（もしかすると翻訳によって違うのかもしれないが、私の持っている岩波少年文庫版・竹山道雄訳ではそうなっていて、名訳だと思う）。おまけに、たびたびでてくるその「白いパン」を、ハイジがたべる場面は一つもなく（心配になるほど心やさしいハイジは、知り合いのおばあさんにあげるために、全部とっておくから）、どんな味がするのか、だから読者には見当がつかない。一方、普段のパンはあちこちで積極的に描写され、チーズや干し肉と一緒にたべるそれがひどくおいしそうなため、さらにその上をいく（らしい）白いパンというものに、どうしたって好奇心が湧く。

白いパンをたべてみたい、とか、白いパンを買って、とか母親に訴えて、あなたのいつもたべているのが白いパンです、とにべもなく言われた経験があるのは、だから私だけではないと思う。言われても、どうも納得がいかなかった。白いパンというもののイメージが、私のなかに勝手にできあがっていた。「ブレーメンの音楽隊」や「マッチ売りの少女」、その他たくさんの外国の物語の、ごちそうの場面に決ってでてきた「ぶどう酒」というものが、大人になってのんだ様々なワインの、どれとも全く似ていない気がすることと、おなじなのだろう。

ところで、フランスパンとクロワッサンを例外として（その二つは、パンという大雑把なくくりからははずして考えるべき特別な存在だと思う）、私は白いパンより黒いパンの方が好きだ。はじめてたべたのがいつだったかは思いだせないが、中学生のころにはすっかり黒パン派（命名は父）になっていて、誕生日とか祝いごととか、好きなものを言っていいと言われると、黒パンとこたえてドイツ料理屋さんに連れていってもらった。黒パンと青豆のスープが、当時の私のうっとりするごはんだった。

ざらっとした舌触りと、穀物そのものの風味、パンによってそれぞれ違う噛みごたえと、素朴な味わいがいいのだ。黒パンには、バターをしっかりつけてたべる。あるいはセミハードのチーズを。

私は普段、飛行機ででる機内食をあまりたべない。坐っているだけなのでお腹がすかないせいもあるが、行き先がどこであれ、降りて最初にたべるものを、十全に味わいたいという欲望が強いせいが大きい。でも、ドイツやスイス、オーストリアや北欧の近所便（必ずしも国内線とは限らないが、二、三時間で目的地に着くような便）の場合はべつで、どうしてもたべてしまう。短いフライトなので、食事ではなくスナックとして供されるそれは、大抵黒パンとチーズ、それに生野菜か果物だ。機内食ででる黒パンは、薄くスライスされて二枚ずつ真空パックになった類の、大量生産品だけれど日本でたべるものとははっきりと違う。まさに本場の味がするのだ。上等なレストランででる黒パンよりむしろ、真空パックになったそれの方に差がでる。おもしろいなあと思う。これだけ原料および技術の輸出入が盛んになっても、真似できないものがあるんだなあ、と。

チェ・ゲバラと農業計画部門の長官が気にしたのは国民の健康というより精神性と誇りだったかもしれず、ヨハンナ・スピリが書きたかったのも、白いパンの特別さではなくいつもの「パン」の、おいしさと誇りだったのかもしれない。

思いだすのは

旅から戻ってしばらく経つのに、耳に残って離れない言葉が二つある。一つは、「残りもののアスパラガス」。ニューヨークで、私はしょっちゅうタクシーを利用したのだが、どのタクシーにもテレビがついていて、いつ乗ってもおなじ番組（というか長めのＣＭ）が流れていた。

そのＣＭはこんなふうに始まる。ニュースキャスターふうの、褐色の肌の女性がスタジオでこう言う。「いまお乗りのタクシーで、ショッピングにいらっしゃるところですか？　ご自宅のお台所で、ショッピングをされたことはありますか？」画面が家庭の台所に変り、四十代くらいの白人女性が包丁で何かを手際よく刻んでいる。そこに、最初の女性の声がかぶさる。「誰かがお台所にやってきて、あなたの家族全員分の食事を、二週間作ってくれるのです」（ほんとうに、「SOMEBODY《誰か》」と言っていた）「アマンダは（ここで、その白人女性がアマンダという名前なのだと唐突にわかる）、この家で、いま四人分の食事を作っています」（チーズをのせたハンバーグが焼ける映像）「彼女は残りもののアスパラガスを見つけました！　二日目はフリーザーのなかで忘れられていたチキンを見つけ、箱に押し込まれていたスパイスを使い……」（ばたんばたんと無遠慮に戸棚やひきだしをあけ、何か使えるものはないかと探す、アマンダの映像。戸棚の奥から、使いかけのパスタの袋とか、正体のよくわからない粉の入った袋とか、スパイス類が発見される）「さあ、最後の日はチャレンジです！　ア・ピース《でも》・オブ・ケイク《大丈夫》、文字通り」（ひからびたパンでケーキを作る様子）ＣＭは、最後に四人家族（両親と、男の子と女の子）がテラスに設《しつら》えられたテーブルで、アマンダの作った料理とケーキをたべている場面で終る。

　全体が、何とも驚きに満ちていた。誰かがお台所にやってくる、というだけでもぎょっとするのに、あんなふうにあちこちひっかきまわされたら、普通、台所の持ち主は耐えがたいだろうと思う。デリバリーやケータリングと違って、その家にあるものを使って料理をする、というのがその「ショッピング」のポイントらしいのだが、もし残りもののアスパラガスや、フリーザーのなかで忘れられたチキンのない家だったらどうするのだろう。賞味期限はどうなっているのか。このCMを見て、アマンダを自宅に招《よ》びたいと思う人がどのくらいいるのか。疑問は尽きない。

私の耳にその言葉――残りもののアスパラガス――がとりわけくっきり刻まれてしまったのは、ナレーターの女性の声の演技（いかにもすてきなものを見つけたように、「シー・ファウンド・レフトオーバー・アスペアラガス！」と、弾んだ調子で言う）のたまもので、冷蔵庫の野菜室に、青々したアスパラガスがいかにも無造作に、どさっと入っている映像のシュールさと共に、妙に印象に残ったのだった。

可笑しいことに、私がその言葉を思いだすのは、料理をしているときだけじゃないのだ。冷蔵庫をあけたときや、包丁を使っているときに思いだすのは自然（？）というか間尺に合うとして、着替えるときにクロゼットをあけたり、でがけに下駄箱の扉をあけたりするときに、「彼女は残りもののアスパラガスを見つけました！」というあの声が、ふいによみがえるのだ。私のなかで、あける、という動作とアスパラガスが、結びついてしまったらしい。クロゼットのなかや下駄箱のなかに、その野菜がなぜか入っていそうでこわい。

もう一つも、やっぱりタクシーのテレビのCMで聞いたフレーズで、でもそれは、言葉というより歌である。

タキシード姿の太った男性司会者が、パーティ会場らしい場所のロビーで、マイクを手に待っている。扉があき、ぞろぞろと人がでてくる。「ケニー・ロジャース！」人混みをかきわけながら、司会者が叫ぶ。「アー・ユー・ケニー・ロジャース？」叫ばれた男性（ケニー・ロジャースのような髭をはやしている）がふり返る。クイズ番組で不正解だったときと同種のブザーが鳴り、バツじるしと共に「ケニー・ロジャースじゃありません」というテロップがでる。司会者は、おなじような髭のべつな男性をつかまえてまた叫ぶ。「ケニー・ロジャース！　ヘイ、ケニー！」また、ブザー。今度は派手な服装の太った女性に叫ぶ。「レディ・ガガ！　アー・ユー・レディ・ガガ？」ブザーが鳴り、バツじるしとテロップがでる。

それの何がおもしろいのか私にはわからなかったが、どうやらその司会者が司会を務めるショー番組の、宣伝らしいことはわかった。最後に彼は、その場にいる人たちを誰彼なくつかまえ、「カラオケ」で一緒に歌を歌わせる。ショー番組のテーマ曲なのだろう。素人にも憶えやすそうなメロディで、今夜はすてきな夜になるだろう、という意味の歌詞は、聞いたとおりに書くと、「トゥナイツゴナビアグッグッナイ」となる。

歌わされる素人（たぶん）のなかには歌の上手い人もいるが、おそろしく下手な人もいて、下手な人の歌の方が、圧倒的に耳に残ってしまうのだった。私はいまも口ずさむことができる。酔っているのか、すこし卑猥な腰つきをして歌った黒人男性の、音程も調子もはずれた歌い方の映像を思いだしながら、トゥナイツゴナビアグッグッナイ、と、愉快に。

アスパラガスにしてもその歌にしても、憶えたくもないのに憶えてしまったということは、効果的なＣＭだったのかもしれない。もしアメリカに住んでいても私はアマンダを招びたいとは思わないし、その司会者のでるショー番組をみたいとも思わないのだけれど。

エイヤッ

気がつくと、読んで直すべき校正刷りが積み重なっていた。全部で六つ、そのうち一つは去年連載を終えた長編の小説で、書き足すつもりなのでたぶん（いや、絶対）時間がかかる。雑誌に載るものの方が急を要するので、おそらくそっちを優先させるべきだろう。

どうしてこういうことになってしまったんだろう、と考えたり、ゆうべ夫と夜桜を見るドライブに——私たちが顔を合せるのはほとんど週末だけなので、来週まで待ったら花が散ってしまう、という言い訳のもとに——、犬と一緒にでかけてしまった自分をいまさら反省したりしても、詮のないことだ。校正刷りというのはなぜだか重なってでてくるのだし、一度書き終えた原稿に改めて向い合うには決心が要り、私は決心するのに時間がかかるのだから。

校正刷りだけではない。すればできることなのに、そして、大抵の場合そう難しいことではないというのに、エイヤッ、と思わないとできないことは、いろいろある。

用事があって電話をかける、あるいは、もらったのでかけ直す、という行動が私にとってはたとえばそれで、かけなきゃ、かけなきゃ、と思うのになかなかかけられない。相手が誰であるかは関係がない。ちょっと苦手だと思う人でも、自分にとって大切な人でも。

郵便物の開封もそうで、ついためてしまう。開封するのがこわいのだけれど、一体何がでてくると思っておそれているのか自分でもわからない。冷蔵庫のなかを整理することがこわいのと、似ているかもしれない。

怠惰、と言われてしまえばそれまでだけれど、めんどうくさいわけではなくて、掛け値なしにおそろしいのだ。

校正刷りは自分の書いたもの——あるいは話したこと（インタビューや対談をまとめたものの場合）——だから、何が書かれているかわかっている。それなのにおそろしいのは、自分でわかっていると思っているのとは違うことが（あるいは違うふうに)、書かれているのを発見したくないからなのだろう。出来不出来についての自分の誤解とか力不足とか、インタビューや対談をまとめてくれた人のそれとの齟齬《そご》とか。

私の経験では、エイヤッ、には二つの特徴がある。

①エイヤッ、はあまのじゃくである。

②いったんスイッチが入ると止まらなくなる場合が多い。

止まらなくなると、かけなくてはならない電話を全部かけ終え、そうだ、ついでにあの人にもかけておこう、と、かけなくてもいい電話までかけてしまったりするし、冷蔵庫のなかをすっかりきれいにしたあとで、どうしても靴の整理をして、下駄箱の棚板を全部拭きたくなったりもする。すればするほど、勢いがついてもっとしたくなるのだ。

ただし、校正刷りの場合はその限りではない。もっと読みたい気分になったりはしないし、もっとたくさん校正刷りがでてくればいいのにと願ったりも決してしない。だから①の特徴に、私は物を言わせる。どういうことかというと、やらなきゃ、やらなきゃ、と思っていると、エイヤッ、はなかなかやって来ない。でも、いざべつなことをしようとすると、エイヤッ、はちゃっかりやって来るのだ。あまのじゃくだから。

というわけで、今夜は煮込むものにした。牛すじ肉のかたまりを、野菜と一緒にひたすら煮込む。味つけはローリエと、コンソメ・キューブ一個だけ。手間はかからないけれど時間のかかるこういう作業が、エイヤッ、をつかまえるには効果的なのだ。私はいま校正刷りを読みたいわけじゃなく、料理をしたいのだ、というふりをすればいい。そんなことをしている場合じゃないでしょう？　と、エイヤッ、が言う。手間のかからない煮込みだとはいっても、野菜のめんとりをしたりスープから灰汁《あく》をとったり、それぞれの野菜が煮崩れないよう時間を調節しつつ入れたり（場合によってはいったんだしたり）する必要があるので、火のそばを離れるわけにはいかない。私がそうこたえると、エイヤッ、は大慌てで奮い立つのだ。

私は食堂の椅子を台所に持ち込んで、作業と作業のすきまをねらって校正刷りを読んだ。あくまでもすきまをねらうことが大事で、それは、エイヤッ、は自分が中心だと燃えてくれないからだった。時間がこま切れになっている方が、断然捗《はかど》るのだ。

そうしているうちに、台所じゅう、すじ肉とローリエのいい匂いになった。

書き足すつもりの長編小説はそもそも無理だったわけだけれど、きょうの場合、残りの五本は全部返すことができた（ついでに、たまっていた郵便物もみんな開封した)。煮込みもおいしくできたので、五〇〇グラム強のすじ肉を、夫と二人でたいらげてしまった。めでたし。

　ところで、エッセイを書き始めるときも、勿論エイヤッ、は要る。でも、書くことに関するそれは、電話や掃除や校正刷りを読むときのそれと、性質が全然違う。スイッチが入って止まらなくなる、などということがない点は校正刷りのときとおなじだけれど（たぶん、スイッチのないエイヤッ、なのだ。スイッチがないから、何度でも何度でも奮いおこさなくてはならない）、困ったことに、書くためのエイヤッ、は、こま切れの時間には見向きもしない。だから「ふり」など通用しない。それどころか、ひとたび他のことをする「ふり」などしたら、逃げ去ったきり、当分帰ってきてくれない。

　というわけで、朝を通りこして昼になってしまった。毎週毎週一体どうしてこういうことになるのだろう、と考えたり、ゆうべ、なんだってわざわざ時間のかかるすじ肉の煮込みなんかつくったのだろう、といまさら反省してみたりしても詮のないことだ。エッセイはこわいし、こわいものに立ち向うには決心が要り、決心をするのに、私は時間がかかるのだから。

　エイヤッ。

列車旅と釜あげしらす

日帰りで名古屋に行く仕事があって、編集者と二人で新幹線に乗った。空はぴかぴかに晴れていて、窓際の席はまぶしく、すこし暑いくらいだった。ちょうどお昼どきで、着いたらすぐ仕事（対談）の予定なので、お弁当——もしくはそれに代るもの——は、それぞれ自分で用意してくることになっていた。

ここ数年、私が列車に持ち込むたべものは、釜あげしらすと決まっている。それでその日も、来る途中に駅ビルで買った釜あげしらす（大）を持参していた。釜あげしらすはおいしい。スプーンでたっぷりすくってたべるので、大きい方のトレイ（一五センチ×一〇センチくらい）で買っても、集中してたべると普段はすぐにたべ終ってしまう。でも、車内ではゆっくりたべる。スプーンを口に運ぶ間隔をあけ、集中してしまわないように気をつけて、キャラメルとかチョコレートをたべるみたいな感じでたべる。釜あげしらすのいいところは、お茶とよく合うところ。遊びに行く旅の列車でのむのはビールだけれど、人前にでる仕事の旅のときはお茶で、釜あげしらすはどちらののみものにも合うのだ。

「あれ？　きょうはシウマイじゃないの？」

いろんなものがすこしずつ入ったきれいなお弁当をあけたところだった、編集者のひろまが言った。ひろまは、私に二冊目の本『こうばしい日々』を書かせてくれた人で、もう二十年以上、一緒に働いたり遊んだりしてくれている人でもある。

「そうか、一緒に列車旅するのひさしぶりだものね」私は言った。「最近はもっぱらこれなの。（しらすをスプーンですくって口に入れ、）ああ、おいしい」

たしかに、数年前までの私は、列車旅にはシウマイと決めていた。あの朱色の包み紙をはがし、薄い木のふたをとって、ぎっしりならんだシウマイの姿を目にすると、ああ、これから旅が始まるのだ、と、ふつふつと喜びが湧いた。

「その前は冷凍みかんだったよね」

ひろまに言われ、思いだした。そうだった、冷凍みかんだった。最初はカチカチに凍っていて皮に爪も立てられないのだけれど、全体をおおっている白い霜状のものが、じきに透明な氷のカケラになり、何もしなくてもみかんからするりとはがれ落ちたり、したたったりし、そうなると爪で皮がむける。冷凍みかんは、大きさによって四つか五つ、あるいは六つ、網状の袋に縦に一列に入って売られていた。だから一つずつ違う状態で、味や香りや食感をたのしむことができた。完全に凍った状態（かむとさっくり割れる。割れたまま形を保っている。飴みたいに）、やや解凍された状態（かむとシャリシャリいうけれど、すぐに溶ける。氷菓みたいに）、ほぼ解凍された状態（きわめてつめたいおいしいみかん。凍った果肉粒を、それでもときどき喉が感じる）、完全に解凍された状態（普通のみかんよりゆるんだ、うすぼんやりした味になる）。私がいちばん好きなのは、三番目の状態のやつだった。

「その前はチョコレートだった」

そうだった――。私はひろまの記憶力に感心した。二十代のころ、私はいつもチョコレートを持ち歩いていたのだが、列車旅となったらとくに気合（?）が入ってしまい、途中でなくなったりしないよう、数種類買い揃えて乗り込むのがつねだった。のむものは、勿論コーヒー。列車でお酒をのむなんて、考えもしなかった。それどころかあのころは、食堂車ならいいけれど一般車両の座席で、知らない人の視界に入る場所（あるいは隣）で、食事をすることなど恥かしくてとてもできないと思っていた。

「変遷だねえ」ひろまが言い、「うん。変遷だ」と、私も言った。

「私たち、もう子供じゃなくなったね」「うん。もう子供とは言えないだろうね」

私とひろまはほぼおなじ年で、だいたいおなじころに、おなじ世界（児童文学をめぐる場所）で仕事を始めた。お世話になった人たち、仕事のし方を教えてくれた人たち、遊びにつれていってくれた人たち、お酒ののみ方を教えてくれた人たち、の多くが、だから共通している。そのころのことを思いだすと、時間が経ったなあと思う。

「灰谷（健次郎）さん死んじゃったね」「うん。前川（康男）さんも死んじゃったね」

会えなくなってしまった人たちの名前を、私たちは次々にあげた。元気だった、いろいろ教えてくれた、そして恰好よかった、作家たち画家たち編集者たち。亡くなった人のほかに、退職されたり遠い土地に引越されたりした人もいて、名前のリストは随分ながいものになった。

「困るよね」「うん。困る」きれいなお弁当と釜あげしらすをたべながら、私たちはしんみりした。「頼りにしている人たちがどんどんいなくなって心細いね」「ほんとだねえ」

いったんは同意してくれたひろまだったけれど、私たち二人の実年齢、および立場（まがりなりにも仕事に向う、小説家と編集者）をいきなり思いだしたらしく、

「でも」

と、私を――そしておそらく彼自身をも――励まし諭す方向に、言葉を転じた。でも、淋しがってばかりいるわけにはいかないからね。俺たち若い服は着てるけどもうそんなに若くないし、彼らにしてもらったようなことを、今度は若いやつらにしてあげなくちゃいけないんだろうな、きっと。

そして、ラップを半分めくった状態の、やわらかく、甘く、塩けのある釜あげしらす（ピンク色のプラスティックのスプーンが、つきささったままだった）を指さして、

「江國さんも成長したことだしさ」

と言ったのだった。

チョコレート→冷凍みかん→シウマイ→釜あげしらす、という変遷を、成長と呼べるかどうかは謎だけれども。

「ぷりぷり」のこと

薄い牛肉を炒めたときの、フリル状になった白い脂身のことを、子供のころ「ぷりぷり」と呼んでいた。

「ここが旨いんだ。ぷりぷりだぞ。お前に特別に分けてやろう」

というようなことを父が言い、たべると、

「旨いか？　そうだろう。うん、よし。ママ、この子はなかなか食通だぞ」

と相好をくずすので、私の方でも、

「ぷりぷりをもっとちょうだい」

と言ったりして、父を喜ばせていたのだった。あの家には、コレステロールとかカロリーとかを、気にする習慣は一切なかった。

そのころの自分がほんとうに「ぷりぷり」を好きだったのかどうか、いまとなっては、でも思いだせない。「特別に」分けてもらったり、「食通だ」とほめられたりすることが嬉しかっただけのような気もするが、それでも率先してたべていたわけだから、ほんとうに好きだったのかもしれない。

ともかく父と母のあいだでは、私は「ぷりぷり好き」ということになっていた。そして、当時「ぷりぷり」はもう一つあった。中華料理の前菜にでてくるクラゲがそれで、

「ぷりぷり、たべる?」

と母が言ってお皿にたっぷりとり分けてくれ、たべると、

「旨いか? そうか、よしよし。この子はほんとうにぷりぷりが好きだなあ」

と父が笑う、という具合だった。

こちらの「ぷりぷり」のことは、たしかに好きだったと思う。たまに、クラゲの用意のない中華料理屋さんに行くと、がっかりした。わたし用のたべものがない、という気持ちにさえなったものだった。

クラゲはいまでも好きなのだけれど、牛肉の脂身は苦手だ(豚肉の脂身は、大人に

なってから好きになった。たくさんはたべられないけれど、澄んだ、ぷきっとしたあの脂身は、おいしいと思う）。

牛肉の脂身を、最初に苦手だと思った日のことを憶えている。九歳だった。夜ごはんのとき、父がいつものように「特別に」、私のお皿に自分の「ぷりぷり」を分けてくれた。でも、私はどうしても、どうしてもそれをたべることができなかった。すこし焦げた脂の風味も、口に入れるとじわりと溶けでる脂の液体も、想像するだけで気持ちがわるいのだった。

大変だ、と思った。大変だ、私はもうぷりぷりがたべられない！

父の分けてくれたそれを、もともと自分のお皿にあった分と合せて、私は隠した。つけあわせの野菜の下とか、べつな小鉢のなかとかに、注意深く分散させて。

父も母も、たぶんそのことには気づかなかっただろうと思う。たべものを残してはいけません、という躾方《しつけ》はしない人たちだったし、そのころにはもう妹も生れていて、三歳という手のかかる年齢で、私より好き嫌いの多かった彼女にきちんと食事をさせることに、かなり注意が向けられていたはずだからだ。ちなみに、そのころから妹は、「鯛の目玉好き」ということになっていた。父が好んで彼女にそれをたべさせ、「ママ、この子はなかなか食通だぞ」とやっていたのだ。

その後も何度か、私は「ぷりぷり」隠しをした。けれどそのうち、父は私に余分に脂身をくれることはしなくなった。娘の変化を、なんとなく感じとったのだと思う。ただし、かわりに変なことを思いついていた。それは、「ほら、目をつぶって口あけて」と言って、私と妹に小さな海苔巻をたべさせること。海苔巻は、缶に入った食卓用の焼き海苔と、茶碗のなかの普通のごはん、それに、父にだけだされる酒肴からつくられる。酒肴は塩辛だったりからすみだったり、ほうれん草のおひたしだったりした。そら豆だったり干物だったり、缶詰のサケをマヨネーズで和えたものだったりもした。「中身は何?」と訊いたりしてはだめで、おそるおそる口をあけると、「パパを信用しなさい」と言われた。それでぱくりとたべると、大抵はおいしいもの――酒肴の多くはごはんとも合う――だが、ときどきとんでもないものが入っている。輪切りにしたレモンとか、みかん一房とか（みかんは勿論酒肴ではない。父がこっそり――テーブルの下や、いつも横に置いていた煙草盆の上で――むいて、準備していたものだったのだろうと思われる）。私たちがぎょっとなると、「おいしいものをたべるためには、ときには危険も覚悟しなくてはならない」などとうそぶくのだった。

話を戻すと、「ぷりぷり」。
マザーグースにこういう詩がある。

ジャック・スプラットは脂身が嫌い
彼のおくさんは赤身が嫌い
二人で力を合わせたら
ほらごろうじろ
お皿はきれいになりました

はじめて読んだとき、何て便利な夫婦だろうと感心した。いつか、もし結婚するのなら、私の苦手なものをかわりにたべてくれる男の人だといいなあと思った。でも、いまもし夫に脂身を余分にたべてもらったりしたら、健康診断のときに本人も気にしているあれこれの数値が、上ってしまうかもしれないので頼むわけにいかない。

一度夫に、小さいころ私は牛肉の脂身が好きだったらしいの、と言ってみたことがある。夫はすこしも驚かず、あっさり、「嘘だ」と言った。ややあって私も、「嘘かも」

とこたえた。
妹がほんとうに鯛の目玉を好きだったのかどうか、今度訊いてみようと思う。

甘味屋さんの変り種

冷蔵庫にいまところてんが入っていて、嬉しい。パックのなかできりきりに冷えたそれの水気を切って器に入れ、添えられた酢じょうゆと青海苔のふりかけ、それに辛子をつけてたべる。このところてんはいただきもので、私は最近おなじかたに二度、ところてんをいただいている。

どうしてかというと、私の新刊小説の舞台が谷中近辺で、主人公の一人が店で「突いてもらったばかり」のところてんを持ち帰って友人とたべる、という場面があって、おなじ谷中にお住いの彼女は、それを読んで以来、お会いするたびにところてんを買ってきて下さるのだった。

ところてんはおいしい。つるんとして、でも歯ごたえがあり、涼しく透明な味わいがあって。

でも、すこし前までの私は、ところてんを家でたべたことがなかった。パックに入って売られていることも知らなかった。

私はそれを、ながいこと甘味屋さんの変り種《だね》として認識していた。それ以上でも、以下でもないものとして。

子供のころ、甘味屋さんに行くのは父のいないとき、母と二人か、妹と三人か、祖母と四人か、ともかく女だけのときだった。銀座に買物にでれば「若松」、浅草にお寺参りにいけば「梅園」に寄った。母と二人で初台の歯医者さんに通っていたころは、帰りに渋谷の「椿」という店に寄るのがきまりになっていた。このごろはあまり見かけないが、当時はどこのデパートにも大抵甘味屋さんが入っていて、買物に疲れると、そこで休憩できるのだった。

そういう場所で、私が注文するのは勿論甘いものだった。みつ豆、あんみつ、おしるこ、ぜんざい。それらにアイスクリームやソフトクリームがのったバージョンもあって目移りした。くず切り、くずもちはやや地味だが、それでも心惹かれた。黒みつも、きなこも好きだったから。

母が注文するのはほぼ一貫してところてんで、私には、それは全く理解に苦しむ選択だった。こんなにいろいろ甘いものがあるのに、一体なぜ、どうして、よりによってところてん？　つまらない感じがした。おなじころ、海水浴場に行っても泳がず、日傘をさして砂浜に立っている母に対して、感じた不可解さ――というより、いっそかすかな苛立ち――と、それはたぶん同種のものだ。せっかく海にきたのに、水に入らないなんてつまらないじゃないの。

でも勿論、母の選択は賢明だったのだ。みつ豆にせよあんみつにせよ、私に全部たべきれたためしはなかったし、それどころか、「それならこっちをおあがりなさい」と言われて分けてもらったところてんの方を、たぶん私はたくさんたべた。

結局のところ、私はところてんの方が好きなのかもしれない。そう気づいたのは二十代も後半になってからで、ある日、おしるこをたべながらそれを女友達に打ちあけたところ、「ええーっ」と、店じゅうに響くほどの声で驚かれた。高校の同級生である彼女と私は、どちらも甘い物好きをもって任じており、会うときにはいつも、ケーキ屋さんか甘味屋さんで待ち合せた。のみならず、そのすこし前に私たちは、「いつかうんと年をとって、体重も体型も男性の視線もどうでもいいと思えるようになったら、この店（銀座の「凮月堂」だった。ケーキの種類が非常に豊富で、二十種類くらいあったと思う）のケーキを、全部一時にたべよう。絶対だからね」という約束を、本気でしてもいた。

「ところてん……？」

彼女の驚きも、だからもっともなのだった。

けれどともかくそのときを境に、私は積極的にところてんを注文するようになった。ところてんはシンプルなたべもので、店によって味も色も違う。黒みつほどにも黒い酢じょうゆのかかったものから、ほとんど色のない土佐酢か三杯酢のかかったもので。薬味は針のように細く切った海苔と辛子が基本だ（と私は思う）けれど、辛子のかわりにおろし生姜が添えられていたり、わさびが添えられていたりもする。また、ところてんは甘味屋さんだけではなく、海辺の町の鄙《ひな》びた食堂にもあったりする、ことも発見した。そういう食堂には、蠟細工のサンプルが埃でまっ黒になっている、という共通点があることも。

ところで、私はところてん突き器を一つ持っている。数年前に、私のところてん好きを知った工作好きの友人が、つくって贈ってくれたものだ。この人は、かつて自宅のお風呂場も造った（！）ことがあるというから、工作好きというより大工仕事好きというべきかもしれず、ところてん突き器はほんとうに見事な出来ばえだった。見た目の美しさといい、すべすべに磨かれた白木の手ざわりといい、切り口（つまりところてんの表面）がなめらかになりすぎてしまわないように、木綿糸を格子状に張ってつくった刃といい（彼の説明によれば、表面にわずかなおうとつがあった方が、だしがからんでおいしいのだそうだ）――。

「素晴らしい贈り物だわ！」

私は感激して叫んだが、彼には一つだけ誤算があり、それは、天草《てんぐさ》を煮てところてんをつくる技量が、私にはないということだった。

小説の取材にでかけた街で、突く前の状態のところてんが、バケツに入った水に放たれて売られているのを見たときには、だから「これだ！」と思った。そこには勿論突き器も置いてあり、買うとその場で突いてくれるようだったが、頼めば突かずに売ってくれるはずだし、そうしたら、私はあの美しい「マイ突き器」で、ところてんを突いてたべることができる。もし私が、この店のそばに住んでいたら――。その夢想から、小説にいきなりところてんがでてきてしまったわけなのだった。

目下のところこのお店は、獣医さん、郵便局、スポーツクラブについで、うちの隣にあったらいいなと思うものの、たぶん四番目だ。

薔薇と蒲焼

手入れを怠っているので庭というより藪というべき状態の、狭いスペースにそれでも今年も薔薇が満開になった。この薔薇はほんとうに丈夫ないい薔薇で、はびこる雑草をものともせずに十三年間成長を続け、井桁《いげた》状の垣根を継ぎ足しても継ぎ足してもたりない。いまでは見上げるほど高く、野放図にはりだした枝は花の重さというより枝の長さ故にたわみ、風が吹くと雪のように花びらを散らす。基本的に白薔薇の木なのだ。なぜ基本的になのかというと、ごくたまに、紅い——というか、きわめて濃いピンク色の——薔薇がぽつんとまざって咲くからで、これまでに一度だけだが、全部の花が紅く（というか、濃いピンク色に）なったこともある。あのときはほんとうにおどろいた。木が何か怒っているのかと思った（たとえばあまりにも手入れをしないことを)。けれど翌年には、何もなかったかのように、また白い花が咲いた。花が咲くのは毎年初夏で、でもそのほかの季節にも、思いだしたように一つか二つ、咲くことがある。冬にたくさん花をつけることもある。気前のいい木だなあ、と私は感じる。丈夫だし、惜しみなくきれいな花を咲かせて、なんていい木なんだろう。でも夫は、その木はすこし頭がわるいんじゃないのか? と、言う。自分がいつ咲けばいいのか、もうわからなくなってるんじゃないのか、と。

薔薇は気にしない。今年もたくさん花をつけてくれた。最初の一つが咲いたあとは、あっというまに満開になる。ある日気づいてびっくりする。わあ、初夏だ。

初夏。連休というものが来た。お天気がよかったので、洗濯をたくさんした。自分でも何本持っているのかわからないジーパンや、洗濯機で洗っても構わないレースのカーテンや、普段ついためてしまう、手で洗うべきものものや。

洗濯以外は、ひたすら仕事をしていた。この状態は、たぶん追いつめられてるというべきなんだろうな、とぼんやり認識しながら。なぜぼんやりかといえば、はっきり認識してしまうのはこわかったからだ。連休中にやります、と、何人もの人に約束したものがある(のにやっていない)ことを憶えてはいたから。

そういうわけで、ほとんど家からでずにすごした。散らかった仕事部屋で、原稿用紙のマス目だけにらんで。でもある夕方、ふいに鰻がたべたくなった。私にとって、鰻はとくべつ好物というわけではなくて、たべたくなることも滅多にないものだ。けれど一たびたべたくなると、味というより匂いの記憶が馥郁《ふくいく》とおしよせ、やわらかい身を箸でつまむときの感触や、それにくらべれば固いとさえいえるごはんの、際立つごはんらしさと、白さ、風味、さらには重箱のふたのたてる、ことん、という物やわらかな音まで思いだしてしまって、これはもう他のものでは絶対にだめだ、どうしたって鰻をたべなくては、という気持ちになるものでもある。

「鰻をたべに行きましょう」

夫に言い、バスで十分くらいの場所にある店にでかけた。

小さな店で、つねにテレビがついている。のみならず、新聞が何種類も用意されているので、店に入るや否や夫は新聞を選んで、席に坐る。結婚したばかりのころ、彼のそういう行動に、私は大変衝撃を受けたものだった。おしゃべりをするとか、見つめあって微笑むとか、デートのときにはしてくれたのに——何もかも二人で一緒にしたい私は、ごはんのときは新聞を読まないでほしいとか、テレビをみないでほしいとか懇願した（そうすると、彼はどうしていいのかわからなくなるらしく、腕組みをして目をつぶってしまう。目をあけてほしいと、私はまた懇願しなくてはならない）。テレビや新聞を備えているお店に来るのはやめましょう、と提案もした（でもこのお店の鰻はおいしい）。

あの混乱の日々。

私と夫の共通点は、どちらも非常に頑固だということなのだと思う。互いに一歩もひかない。

結婚して十六年たったいま、でも私は方法をあみだした。どうするのかというと、鞄から本をだして読むのだ（この日に持っていたのは、万城目学『かのこちゃんとマドレーヌ夫人』。妹から、おもしろいので読むように、という指示メイルがきて買った本。文章に、不思議なしなやかさがある）。本を読んでいるあいだ、私は物語のなかにいるのでその場所にはいない。新聞やテレビをみている夫もその場所にはいない。それはつまり、二人で一緒にでかけているということだ。

ビールと肝焼きと白焼き、それにふき味噌きゅうりを注文した。それらが運ばれるまで、それぞれ本と新聞を黙々と読む。運ばれたら、本は鞄にしまい、新聞は棚に戻す。いつのまにかそういう「決まり」みたいになっている。そのあとに注文するお重の種類も、夫が「中入り半重」で私が「梅重」と決まっている。ここのうな重はたれが甘すぎず、かかり方も控え目で、鰻にはちゃんとからんで、ごはんにはほとんどしみない量であることが、私も夫も気に入っている（たれのたっぷりかかったのが好きな人のためには、別添で用意されている）。私たちはとても上手に衝突を回避できるようになった（と思う）。

注文したものを残さずたべて、すっかり満足してお店をでた。おなかが一杯だったので、消化促進のために帰りは歩く。夜の風が気持ちよく、今年最初のセミの声も聞いた。夫婦ってねじれてるなあ、と私は思う。あまりにもねじれすぎていて、何回ねじり戻した（？）ら元に戻るのか、見当がつかない。

ともあれ、帰ってまた仕事をした。鰻をたべると元気がでる、というのはほんとうだろうか、と考えずにはいられなかった。元気がでて、一晩に十五枚くらい、ぎらぎらぎらっと書けてしまったりしないかしら。でもそんなことにはならなかった。夫も犬も寝静まった深夜、困ったなあと思いながら庭にでて、気前のいい薔薇の木が、あとからあとから花びらを散らすのを眺めて、私の連休はおしまいになった。

ごちそうの巻、あるいは魅惑の四日市

二泊三日で三重県四日市市にでかけた。ご縁があって、もう随分ながいこと、年に一度はでかけているのだけれど、その度に感動する。四日市は不思議な街だ。ひっそりしていて静かなのにどこかが混沌としていて、のどかなのに何かが烈しい。風通しがよくて、私の印象では、中年以上老人までの年配者と、子供が妙に自由奔放。そして、おいしいお店がたくさんある。

まず、一日目。到着したのは午後で、夕方四時から九時まで「童話塾」があった。「童話塾」というのは童話を書きたい人たちのワークショップで、もう十数年続いている。それぞれが事前に作品を提出し、読んできて批評し合う。みんなほんとうに真摯なので、年に一度だけ乱入する私も、異様な真剣勝負をせざるを得ない。それはかなりエッジィな五時間だ。いろんなレヴェルの書き手がいて、いろんなタイプの作品がある。おもしろい！　と思う一行や、アイディアや、場合によっては一編もある。でも、じゃあすぐに出版すればいいかというと、そういうわけでもまたなくて、文章と人格、プロとアマチュア、をめぐる、言葉では割り切れない「ぐるぐる」に、大抵は私自身が混乱してしまう。刺激的だし勉強になるけれど、へろへろになる五時間なのだ。

へろへろになったご褒美（？）に、お鮨をごちそうになった。秘密クラブみたいなお鮨屋さんだったので驚いた。入口の扉は、どちらかというとバーの風情。内部も、カウンターのまわりをぐるりと黒革の椅子（社長室の応接セットみたいな椅子）が取り囲んでいて、最初（ごめんなさい。でも、最初だけです）、ちょっと悪趣味？　と私は思った。けれど実際に坐ってみると、いくらでも居られそうな坐り心地のよさで、幅も、左側にだけある肘掛けも、実に計算されているのだった。それに、空気が非常に清々しい。訊けば、先代の御主人が「店は水洗いが基本」と定めたそうで、カウンターのみならず壁の白木も水に強い樹木でできていて、床は勿論石なのだった。そこで次々供されるお鮨の、豪華絢爛なことといったら！　この店の裏は竜宮城か？　と訝るほどだった。なかでもすばらしかったのは、透明でぱきぱきの元気なイカ。切られたばかりの足は、おしょうゆをつけたらひどく暴れて、口に入れるのが一瞬だけこわかった。ほかにも生しらすをすりつぶしたものや、蝦蛄《しゃこ》の爪だけの小鉢や、鮑やうにやあん肝や、お酒をのまずにいられないごちそうがたくさんでて、店をでるころには、魚たちの歓待を受けたうらしま太郎の気持ちになっていた。ここの御主人はラガーマンで、あしたは試合なのだそうだ。

二日目は、対談形式のトーク・イヴェントとサイン会があって、東京から仲のいい編集の人たちが応援（?）にやってきてくれた。魅惑の都市四日市は同時にディープな異界でもあるので、私はやってきてくれた人々が、ふいに行方不明になったり、ここに住みつくと言いだしたり、突然恋におちたり、その他想定外の事態にまきこまれないことを願った。この街では何だって起り得るのだ。工場の煙突が煙を吐き、シックなジャズ・バーが幾つもあり、フランス海岸（俗称です。地図上の名前ではありません）と呼ばれる美しい海辺があり、春には土筆《つくし》が生え、子供たちが市議会に議題を提出し、大人たちが昼間から野球をしたり（後述）ラグビーをしたりして遊ぶこの街では。

イヴェントもサイン会も無事終了し、私たちは総勢十五人で、中華料理屋さんに繰りだした。中国人の御夫婦が二人で営む小さなお店で、看板メニューの水餃子をはじめ、腸詰も、かぼちゃと青菜の煮物も、鶏の唐揚げも、トマトと玉子の炒めものも、何もかもおいしい。シンプルで、家庭的な味がする。私はここに、野良猫が、「行くと必ずかつおぶしをくれる家」になつくような塩梅《あんばい》でなつき、四日市に来たら一食はここでたべる、と決めてもいたのだが、この夜――まさにこの後――を最後にお店を閉めるのだと聞かされた。ほんとうは数日前に閉めるはずだったのが、特別にあけてくれたのだそうだ。御夫婦は、もうじき上海に帰られる由。残念でならないけれど、「笑顔でね」と言われ、最後は路上で記念撮影をした。十八年この地にあった「フクギ」が、これでなくなってしまう。

ショックもさめやらないまま、もともと夜行性である東京組は、ホテルの近くのアメリカン(?)なバーにぞろぞろなだれ込んだ。カフェ・レストランっぽいあかるさを保ったバーで(事実、パスタやピザの種類が豊富)、他にお客の姿はなく、「どこからきたの?」とか、「あらあ」とか、話しかけてくれるママがいる。にわかに旅情が湧き、私は遠い場所に来たなあと思う。レーズンバターをつまみながら、遠い土地のレーズンバターだなあ、と。

三日目は、朝から野球の試合があった。晴れた緑の市民球場で、午前中と午後に二試合。東京から来た編集者のチームと、地元の百戦練磨チームの対戦で、私は三塁側ベンチの屋根（コンクリート製）の上という特等席で、スコアをつけながら観戦し、思うさま日に灼けた。結果は一勝一敗、大いに満足する。

お風呂センターというところで汗を流し（私は運動していないので、マッサージチェアのならぶロビーで本を読んでぼんやり待っていた。このときもやっぱり、遠い場所に来たなあと思った。だって、お風呂センター）、まだあかるい夕方から、三日間のしめくくりのごはんをたべに行った。野球のあとは肉でしょう、という主催者側の心づかいで、きのうとは別の、肉食系の中華屋さんに行く。餃子とビール。この餃子が、小ぶりで、とても、とてもおいしかった（他に、とんテキというものもたべた。うましっ）。四日市という街には、一体何軒のおいしい中華屋さんがあるのだろう。ここは日本人のお父さんとお兄さんと弟さんがやっている店で、厨房を任されている弟さんは、筋金入りのサーファーなのだそうだ（でも、サーファーなのにパンチパーマだった）。私は初日のお鮨屋さんの御主人が、翌日ラグビーの試合だと言っていたことを思いだした。この街に住む人は、なぜだかみんな、過激にスポーツマンなのだ。

ごちそう三昧し、その夜の新幹線で東京に帰った私は、列車に乗るや否や眠った。仕事をしに来たはずなのに、この街からの帰りはいつも、遊び疲れた子供みたいになってしまう。

「おみそ」の矜持

注文したお味噌がきょう届いた。「クコの実入り米こうじ味噌」という名前のこのお味噌が私は気に入っていて、これがないと大変困るのだけれど、取り寄せる、という行為が苦手なので、ああ、もうお味噌が残りすくない、と気づいてから何日も何週間も、注文を先のばしにしてしまったのだった。そうしたら、ついにお味噌が底をついた。

取り寄せるという行為の何がそんなに苦手かというと、一つは電話をかける必要があること。私は電話が昔からこわかったが、近年ますますこわくなった。けれどインターネットは扱えないし、ファックスはちゃんと届いたかどうか不安になるので、注文するには電話をかけるよりないのだ。もう一つは、お取り寄せ、という言葉。なぜなのか自分でも判然としないのだが、私にはこの言葉が恥かしい。お取り寄せ。一体どんな顔をしてそれをすればいいのかわからない。というより、自分がそれをすると考えただけで否定したくなる。いいえ、違います、これはそれではありません、と。でも勿論、これは立派にそれなのだった。

お味噌は、見た目では味の良し悪しがわからない。そうたくさん消費するものでもないので、好みに合わないものを買ってしまった場合でも、随分ながいあいだそれを使わざるを得ない。好みに合うお味噌をみつけたら、だから万難を排して入手し続けなくてはならない。たとえお取り寄せをする羽目になっても。

というわけで、きょう無事に、「クコの実入り米こうじ味噌」が届いたわけだった。ひさしぶりに、卵の黄身を味噌漬にした。蕪の実と葉のお味噌汁もつくった。

ところで、子供同士で遊ぶとき、年下で、みんなと完全におなじことはまだできず、いろいろと大目にみてやる必要のある子のことを、「おみそ」と呼んだ。六つ年下の妹を連れて遊びに行けば、だから妹は「おみそ」だった。その言葉が「みそっかす」の短縮形だということに、思いあたったのは大人になってからだ。実際にその言葉を使っていたころの私は、「おみそ」をなぜ「おみそ」というのかさっぱりわからないと思っていた。どっしりと大きな樽──それともあれは、桶《おけ》と呼ぶべきなのだろうか──に入って売られている、赤茶色だったり黄土色だったり、玉子色だったり乳白色だったりする、それぞれが濃く深くつめたいいい匂いを放っている物静かなお味噌と、年端もいかない小さな子供はすこしも似ていないのに、と。

そういえばあのころ、お店の人がお味噌をしゃもじ──へら、だろうか。私には、物の名前がよくわからない──ですくいとり、樽に残ったたっぷりのお味噌の表面を、丁寧にぺたぺた均《なら》す手つきに、何度でも目を奪われたものだった。くいいるように見つめながら、一度あれを混ぜたり、練ったりこねたりたたいたりしてみたい、と思っていた。樽ではなく、ガラスのふたのついたケースのなかの、四角い浅目の箱に入って売られているお味噌もあった。

お味噌屋さんというものが、好きだったのかもしれない。蔵のなかを思わせる、しんとした匂いをかぐと落着いたことを憶えている。「おみそ」という言葉のせいで、たぶん私はお味噌自体に、へんな親近感を抱いていたのだ。

周囲に、「おみそ」は妹一人ではなかった。毎日のように家の前の路地で一緒に遊んでいた近所の子供たちには、たいてい妹か弟がいたから。そして、年嵩《としかさ》の者たちはみんな（私でさえ！）、そういう「おみそ」たちの安全を、非常に真面目に気にかけていた。あのころの私は立派だったなあと思う。というのも、いまでは私が、めっきり「おみそ」になったからだ。はい、人は、大人になってから「おみそ」になったりもするのです。

そう気づいたとき、我ながら驚いた。私は一体いつ、「おみそ」になったのだったろう。

高校時代に、すでに萌芽はあった。私は行動においてあきらかに劣等生だった。何をするにも時間がかかり、のみならずなぜそれをしなければならないのかわからず、結果として、何もできない。でもそれは、そう悪いことではないらしかった。ちょっと歓迎されさえした。何かすると、かえって迷惑をかけることになるからなのだった。そうやって、そこに居ることを許されていた。

私のぼんやりぶりは、友人たちをときに呆れさせ、ときに笑わせ、ときに苛立たせもしたはずだ。ときに安心させも、したと思う。「おみそ」でいることは、私の性に合っていた。それはおそらく、私にとって、周囲となんとか折り合いをつける術だった。

以来、いまに到るまでずっと「おみそ」だ。世界――というのが大袈裟ならば、社会、もしくは世間と言い換えてもいい――のなかに、私が何とか確保した居場所。困ったものだなあ、と思う。思うけれど仕方がない。人にはそれぞれ性質と実力と事情があるのだ。こうなったら「おみそ」の矜持を持ち、それを貫くほかにない。「おみそ」の矜持とは何かといえば、それは「最後まで観察者たること」だと私は思う。ときどき参加させてもらえるとしても、それはほんとうのことじゃない（子供の遊びで言うところのノー・カウント）。「おみそ」はそこにいるのにいない者であり、その本分は、あくまでも世界の観察にあるのだ。じっと、ちゃんと、観察し続けることに。

小説家は、だから「おみそ」向きの職業である。

方向音痴のこと、あるいは打合せの顚末

私は方向音痴らしいのだけれど、方向音痴だという事実自体を、とくに「だめ」だとは思っていない。道に迷う可能性を考慮して、大抵早目に家をでているし、迷っても最終的にはたどり着けるわけで、すくなくとも都市にいる限り、方向音痴でも周囲にそれほど迷惑はかからない。

だめだなあ、と思うのは、だからそのあとのことだ。迷いもせず（あるいは迷ったとしても人に訊いたりぐるぐる歩いたりして）、無事時間通りに約束の場所に着いたとき、誇らしい気持ちになるところがだめだなあと思う。着くのはあたりまえだと思うのに、どうしても、湧きあがる達成感をおさえられない。できた、という原始的な喜び。

先週もそうだった。雨の夜で、指定された場所は駅から遠く、握りしめた地図は濡れてしなしなになり、よくあることなのだが、私は道に迷ってもいないのに迷ったのではないかと心配になり、引き返す必要のない場所で引き返し、無駄に無駄を重ねてようやく目的の建物にたどり着いた。

「迷いませんでしたか?」

「よく来られましたね」

挨拶がわりに口々に言われ、勿論来られますよ、子供じゃあるまいし、という顔を何とか保ちながらも、私は内心得意で、大きく胸を張っていた。

テレビ番組の仕事で旅をすることになり、その打合せのために、私はその夜そこにでかけたのだった。四人の作家(森絵都さん角田光代さん井上荒野さんと私)がそれぞれヨーロッパの田舎を歩き、その土地で昔からたべられている物をたべ、「食」の周辺の人々と出会って(そういう旅を、アグリツーリズムというのだそうだ)、その様子を撮影するだけじゃなく、四人が一編ずつ短編小説を書きおろし、それを監督の源孝志さんが現地でドラマにして撮る、という無茶苦……じゃなくて驚きに満ちた企画で、全員揃ってする一度きりの打合せ、も必定驚きに満ちたものとなるわけなのだった。

まず、指定された場所(私がやっとたどり着いた場所)が「キッチン・スタジオ」だった。「キッチン・スタジオ」というのは、その名の通り台所と食堂を備えた空間で、雑誌の料理頁の撮影などに使うところらしい。マンションのモデルルームといった趣だった。下見の旅から戻られたばかりの源さんが、私たちの行く四つの国から食材やお酒をどっさりお土産に(予習用の資料に?)買ってきて下さったので、それらをみんなでたべながら、番組の趣旨および具体的な旅のルートについて説明を受ける、という趣向なのだった。

私はまったくわくわくした。打合せに趣向を凝らすということ自体酔狂だし、昨今、酔狂は風雅ともいうべき素敵な姿勢だと思うからだ。

源さんは、壁に地図を貼った。

「井上さんには、ピエモンテに行ってもらいます。このへんです。もっと大きい地図で見るとこのへん」

私たちはみんな息を詰めて壁を見守る。授業(まさに授業のようだった。私は、二十年くらい前に仕事で見学に行ったアメリカの小学校の教室風景を思いだした)はわかり易く、いきとどいていて、そばに置いたパソコンには、必要に応じて写真が映しだされる。居ながらにして旅をしているみたいなのだった。

そのあいだにも、源さんの知り合いだという料理研究家の女性が腕をふるったお皿が、次々テーブルにならぶ。微発泡の赤ワインに合せて、牛の生ハム、オリーヴ、チョコレートをからめてたべるグリッシーニ、ミートソースのパッパルデッレ、トリュフソースのパッパルデッレ。

「森さんにはブルターニュに行ってもらいます」

カルバドスに合せて、サラミ、塩チョコレート、辛いサーディンののったバゲット、リコッタチーズとほうれん草をクレープで包んだもの、オムレツと細い細いアスパラガスがならぶ。

「角田さんはバスクです」

レモンジュースみたいに黄色い、素朴なシードルと一緒に運ばれたのは、バスクにしかないチーズのリゾット。次にのんだチャコリという名の白ワインは微発泡で、海辺でつくられるのだそうだった。

「江國さんはアレンテージョ」

シラー100％のロゼワインと一緒に、アレンテージョ豚の生ハム入りコロッケをつまむ。

デザートにホットチョコレート（おいしかった！）とヘーゼルナッツのリキュールをのみ、さらにブルターニュ産の大麦でつくったウイスキーでしめくくった。こんなにたくさんたべた打合せも、こんなにお酒をのんだ打合せも、たぶんはじめてだったと思う。ピエモンテやブルターニュやバスクやアレンテージョの話をいろいろ聞いて、写真も見て、すっかり旅から帰った気持ちに私はなった。あー、たのしかった、と思いながら成田で荷物を待っているときの気持ちに。

でも勿論そこは渋谷の「キッチン・スタジオ」で、窓の外は雨の夜のままなのだった。旅はこれから。

「随分熱心にメモをとってましたね」

源さんに言われ、私は返事に窮した。メモを取ったことは取ったけれど、それは次々に供される料理に興味津々だったまでのことで（テーブルにならんだ料理とお酒をこうして全部書けるのは、私だけだと思われる。他の三人は授業にきちんと集中していたに違いないので）、肝心の旅については何も書いていません、とはとても言えない。

「目の前のものを記録したくなっちゃうんですよね、癖というか」

意味不明の言い訳をした。

方向音痴の人間というのは、結局目先の景色に気をとられて、風景の全体像がとらえられないんだよね、とかつて言われて憤慨したことがあったけれども、その通りなのかもしれない。

雨の朝の台所で

ゆうべお酒をのみすぎて、今朝起きたら宿酔《ふつかよい》だった。窓の外は陰鬱な雨。

昔、テレビのコマーシャルに、「お酒をーのんだ翌朝はー」という歌があった。トマトジュースのコマーシャルで、当時子供だった私はお酒をのんだこともなかったのに、それはたしかによさそうだ、と思った。宿酔の朝にのむトマトジュースは、そりゃあ身体にしみわたるだろう、つめたくて、こっくりしたとろみがあって、野菜が本質として持つ鮮烈さが、のんだ人を着実に元気にしてくれるだろう、と想像した。

宿酔というものを、一体どんなふうにイメージしてそう思ったのかわからない。風邪で微熱があるときみたいなものだろうと思っていたのかもしれないが、なんとなく、「病みあがり」に近い状態として、想像していたような気もする。もう病気ではないけれど、病気に思うさま荒されたあとの状態、体力をすっかり奪われて、エネルギーが補給されるのをぜひとも必要としている状態として。

そんなときにのむトマトジュースのみずみずしく力強い（に違いない）おいしさを味わってみたくて、宿酔という事態に、ほとんど憧れに似た気持ちさえ抱いていた。いま思うと可笑しなことだけれど、子供というのはときどき可笑しなことを考えるものだし、本人は大まじめなのだ。そこには、宿酔などというへんなものとは、自分は一生無縁だろうという確信が、前提として揺るぎなくあったのだと思う。

あにはからんや。宿酔は私の元にも、ちゃんとやってきてくれるようになった。

「よかったじゃない？　夢がひとつ叶って」

私は子供のころの自分にそう言ってみたくなる。今朝のように不機嫌なときは。

トマトジュースの買い置きはなかったので、最近気に入っている炭酸飲料をのんだ。その名も「大人のキリンレモン」。すっきりしていておいしいし、糖類もカロリーもゼロというのが嬉しい。表示によると、回復系アミノ酸のオルニチンというものも入っているらしい。それが何であるのか私は知らないのだけれど、「大人にうれしい成分」で、「しじみに多く含まれる注目の成分」でもあると書いてあるから、なんとなく宿酔にもいいかもしれない。

そんなことを考えながらペットボトルをためつすがめつしていたら、こういう文章を見つけてびっくりした。「オルニチンは体内で使われても自らがオルニチンに戻るので回復系アミノ酸と呼びます」

使われてもまたオルニチンに戻るということは、使われても減らないということだろうか。ではもし毎日こののみものをのんでいたら、体のなかがオルニチンだらけになってしまうのではないだろうか。それに、「自らが」って……。

おいしくて気に入っているのだから、ただごくごくのめばよさそうなものだけれど、たとえ宿酔の頭でも、気になるものは気になるのだった。

日課にしている二時間のお風呂からあがると、何とか仕事を始められそうなくらいにはアルコールが抜けかけていた（宿酔の症状というのは人それぞれで、また、その時々で違うものだけれど、私のそれはいつも、来るのも去るのも非常にゆっくりなのだ）。机に向う前に、枇杷《びわ》を二つたべた。よく太った、甘い枇杷だった。

枇杷という果物の佇いや味について考えるとき、最初に思い浮かぶ形容詞は、「やさしい」で、それはあのひっそりした形や、節度のある甘味、オレンジ色では決してないあのやわらかな色合いや、するするとむける皮の素直さ、十全にみずみずしい（皮をむいたとき、あらわになる実の表面は、風味のよい甘い水をたっぷり滲ませて光っている）けれど、弾けたり溢れたりはしない水分、おとなしそうな気配……といった印象からくるものではあるのだが、それ以上に、たぶん童謡の影響が大きい。まどみちお作詞の、「びわ」の歌詞。

びわは　やさしい　木の実だから
だっこ　しあって　熟《う》れている
うすい虹ある　ろばさんの
おみみみたいな　葉のかげに

というのがそれで、上手いなあ、と私はうっとりしてしまう。だっこしあって熟れているからやさしい、のではなくて、やさしいからだっこしあって熟れている、のだ。このレトリックはすごいと思う。光沢があって厚い、どこか地味な枇杷の葉を、ロバの耳にたとえるのも絶妙ではないだろうか。

この歌のなかで、枇杷はそもそもの最初から、存在そのものが宿命的にやさしいのだ。北原白秋が作詞をした「ゆりかごのうた」にも枇杷はでてくる。

ゆりかごのうたを　カナリヤがうたうよ
ねんねこ　ねんねこ　ねんねこよ
ゆりかごの上に　びわの実がゆれるよ
ねんねこ　ねんねこ　ねんねこよ
ゆりかごのつなを　木ねずみがゆするよ
ねんねこ　ねんねこ　ねんねこよ
ゆりかごの夢に　黄色い月がかかるよ
ねんねこ　ねんねこ　ねんねこよ

いかにも子守唄らしい、ゆったりした調べの力もあって、ここでも枇杷はとてもやさしい風景の一端を担っている。いちごや西瓜やグレープフルーツだったら、この静かさや、眠たげな風情はでないだろう。

言葉はすごいなあと思う。雨の朝の台所で、枇杷というのはこういう色や形や味だからやさしいわけではなく、やさしいからこういう色や形や味をしているのだ、と確信させられてしまうもの。

予約病のこと

自分で自分を、予約病だなあと思う。

外食するとき、お店に予約をしていかないと、心配で仕方がないのだ。行ってみて満席だったり休業日だったりすると困るし、昔行って好きだった店に、ひさしぶりに行ったらもうなくなっていた、ということもあるから。

ほんとうは、ふらりと行って入る方がすてきだ。散歩の延長みたいな方が。でも、そうはできない。

子供のころ、家族でてんぷらをたべに行った日のことを憶えている。父は慎重な性格だったので、旅行や外食など、大抵どこに行くにも予約や準備を念入りにした。けれど一方で、思い立ってふいにでかけることも好きな人で、近所のおそば屋さんやスパゲティ屋さんにはそうやってでかけた。「散歩に行こうじゃないか」と私や妹を誘い（駅前散歩と呼んでいた）、食事の時間でもないのに、「ママには内緒だぞ」と言って、喫茶店でピラフをたべさせてくれることもあった。喫茶店でたべるものは、なぜかピラフに決まっていて、他のものをたべたがったりしてはいけないのだった。私にとってピラフは、だからいまでも晴れた昼間の味のするものだ。

それはともかく、父はその日、そういう気軽さでてんぷらをたべに行くことに決めたのだった。父が何かをふいに思い立つとき、慌てるのも大変なのも勿論母だ。夕食の下ごしらえを始めていた台所の何やかやとか、散歩にでている猫の帰りを待って家に入れてからでないと戸締りができないとか、子供たちに仕度をさせ、自分も仕度をしながら、用事が幾らでもあるようだった。父はばたばたするのが嫌いな人だったので、たちまち不機嫌になった。「何をばたばたしているんだ。ちょっとでかけるだけのことだろう。なぜすんなりでられないんだ」と言った。「なぜいま洗濯物なんかとりこむんだ。放っておけばいいだろう、そんなものは」と、吐き捨てるように言うこともあった。

母がばたばたするのは、でも仕方のないことだった。父は時間厳守の人でもあったので、五時にでるぞ、と言ったら遅くとも五時ぴったりに、家族全員が玄関の外にでていなくてはいけなかったからだ。

それに、正直に書き加えると、こういうときに私は決まって父の不機嫌に拍車をかけた。「そのオーバーはちくちくするから着たくないの。オーバーなしでも寒くないってば」と言って母を手こずらせたり、「電車で行く？　お願いだから電車にして。タクシーは酔って気持ちがわるくなるの。タクシーに乗るんなら行かない」と父に直訴したりするからで、そうなると父はもう、「つべこべ言うな」の一言以外、返事もしてくれなくなるのだった。

私が小学校を卒業するまでくらいのあいだ、私たち家族の「おでかけ」は大抵そんなふうだった。あたふたする母と不機嫌な父、ちくちくするオーバー、母の香水（当時、私は香水の匂いというものが、タクシーとおなじくらい苦手だった）、乗り物酔い。

そういうあれこれの末にたどりついた新宿のてんぷら屋さんが、その日、定休日だった。いつも几帳面に予約の電話をかけてからでかける父だったが、たまたま気を抜いたか、忘れたかしたらしい。ある種の料亭みたいに敷居の高い店ではないから、わざわざ予約をするのも大仰だろう、と考えたのかもしれない。

店の前に茫然と立ちつくし、私たちは暗い店内をドアごしに見つめた。

「帰るぞ」

ただでさえ不機嫌だった父の声は、いまや怒りに震えていた。私は――そしておそらく妹も――帰ることに異存はなかった。もともと、とくにてんぷらをたべたいとは思っていなかったし、不機嫌な父のそばにいる緊張から、早く解放されたくもあったからだ。

驚いたことに、そのときはでも母が反対した。

「せっかく来たんだから、どこか他のお店に行って、何かたべて帰りましょうよ」というようなことを言った。「子供たちがお腹をすかせているのに、かわいそうですよ」というようなことも。父は一切聞く耳を持たなかった。だめだ、帰る、他のものをたべるくらいなら、何もたべない方がましだ、と言った。なぜならば、口がすでにてんぷらになってしまっているんだから、と。

結局私たちはまっすぐタクシーで帰宅した。父をのぞく三人はそのあとでお茶漬けか何かをたべたのだけれど、父は頑として何もたべなかった。

父の不機嫌は日常茶飯事だったのに、この日のことが私のなかに刻まれているのは、口がすでにてんぷらになってしまっている、という言葉のせいだろうと思う。たべることにそれほど執着していない、子供だった私は驚いたものだ。この人はそんなにてんぷらがたべたかったのだろうか。口がてんぷらしか受けつけなくなるほどに？

父も逝き母も逝ったいま、私はまったくあの人たちの子であることよなあ、と思う。父にも似ているし母にも似ている。そしていまや、予約病なのだ。

二十代のころは、とくに旅に関して、予約なしででかけることが好きだった。予約するのは保守的で恰好わるいと思ったし、行きあたりばったりこそ旅の醍醐味だと思ってもいた。一年オープンの安い飛行機チケットだけ買って、泊るところも途中の移動も、何も決めずに出発するのが自由な旅なのだ、と。

あの日々はあの日々でたのしかった。その場で一人でちゃんとできる、ということを、自分に証明したかったのだと思う。でももう証明しなくてもいいのだ。世のなかも人生もちっとも安心じゃないものなのだから、旅や外食という小さなたのしみくらいは、安心して行いたいので予約してでかける。

果物、果物、果物！

夏は果物のたくさんある季節なので嬉しい。夕食以外は基本的に果物を主食にしているので、冬は豊富な柑橘類と輸入物の熱帯果実——パパイヤとかマンゴーとか——を毎日かわるがわるたべる。一口に柑橘類といっても品種の数は夥《おびただ》しい（可憐なみかん、甘いオレンジ、賢そうな見かけで、なつかしい気持ちを誘うきんかん。果汁の豊富なグレープフルーツ、ざっくりした果肉の食感が魅力で、佇いの上品な文旦。濃い緑色の皮も美しく、完璧だと私の思うスウィーティーや、素朴な味のデコポン、清新な味の日向夏、おっとりした伊予柑。小さくて黄色く、リキュールみたいな風味のする黄金柑や、香りのいいネーブル、たっぷりと大きなメローゴールドやオロブロンコ、他にもいろいろだ）し、熱帯果実も産地によって色も味も大きさも表情も違っていて興味深い。だから毎日たべ続けても全く飽きはしないのだが、それが夏となったら——。

きざしは枇杷だ。決定打がプラム。毎年、初物のプラムを見た瞬間に、私は夏がくることを実感する。プラムにも順番がある。まず大石早生《おおいしわせ》が店頭にでて、ソルダム、サンタローザと続く。菅野、太陽、貴陽、がきて、他にも幾つかの品種がならび、月光、秋姫に到る。勿論そのあいだには、さくらんぼが現れ桃が現れメロンが現れブルーベリーが現れ西瓜が現れる。もともと秋の果物だったはずの梨も夏の途中から出始めるし、ブドウやいちじくは初夏からもうならんでいる。その上、冬のあいだ私を支えてくれていたオレンジやグレープフルーツや熱帯果実たちも、ほんとうの旬はいま、とばかりに輝かしい色鮮かさでそこに加わる。極楽とはこのこと？　スーパーマーケットの果物売場に立ち、さまざまな果物の放つ、つめたい密やかな匂いをすいこみながら、私は陶然とならざるを得ない。

けれど同時に、それは私にとって、真剣勝負の始まりでもあるのだ。

毎週末に、一週間分プラスアルファ（万が一に備えて多めに）の果物を買う。日もちのする柑橘類とは違って、夏の果物は熟れたらすぐにたべる必要があり、いつごろ熟れそうかを見極めて買わなくてはならない。とはいえ私の実力では何日後という正確なたべどきまで見極められるはずもなく、「だいたい」を予測する以外にない。それでたとえば、こんなふうに買う。

熟れに熟れているもの（これは大抵ハーフカットのメロン）一つ、十分熟れているけれどまだしばらくもちそうなもの（いちごとか、いちじくとかマンゴーとか）一つ、何日もかけてすこしずつつまめる丈夫なもの（実のしっかりした大粒のブルーベリーとか、ブドウとか）一つ、常備食としての柑橘類がもし切れていればそれもすこし、それにこの時期は別枠として必ず、できるだけ熟れていないプラムと、三日後に熟れて五日後まではもちそうな桃を幾つか。

プラムと桃は言うまでもなく常温に置き、毎朝状態をチェックして、熟れたものから冷蔵庫で二時間か三時間ひやしてたべる。

自慢ではないが、私は昔から、一度に一つのことしかできないし考えられない（私のまわりの人たちは、誰もがいつでも「そのとおりだ」と証言すると思う）。けれど、こと果物に関してだけは、熟れるペースも日もちの限度もまちまちな、七、八種類の個体の状態を把握している。たとえば一週間先の昼食の誘いがあったとき、私は即座にこう思う。だめ、その日にたべ切らないとブドウが腐ってしまうし、半分だけになっているはずのグレープフルーツ（その前日に半分たべる予定だから）が、冷蔵庫に置き去りになってしまう。おそらくプラムも二つか三つ、完璧な具合に熟れているはずだし、と。それから急いで計画を見直す。前日にグレープフルーツはたべず、その分ブドウをいつもの二倍たべよう、プラムは翌日まで待って、その日に新たに熟れる分とあわせて、五つか六つたべればいい。

毎週毎週大量に買う果物を、一つも腐らせず、なおかついちばんいい状態で（ここが大事）、たべきることに私は誇りを賭けている。果物を切らさない、ということも重要なので（多少依存症気味なのだと思う）、旅行となったらさらに真剣勝負である。一週間以上の旅の場合は柑橘類か、上手くいって梨に待っていてもらうほかないのだが、厄介なのは四、五日の旅で、「暗い暗い赤になったらプラムを冷蔵庫に入れて下さい」とか、「カゴのなかの桃二つは月曜日に熟れます」とか、夫にメモを残すことになる。

そして、端から見たら「なぜそこまで？」と思われるかもしれないくらい果物に情熱を傾けてはいても、誤算はやっぱりときどき生じる。一ぺんに買っても順番に熟れるはず（個体差があるから）の果物が、見事なまでに一時に熟れることがあるし、逆に熟れると思った果物がいつまでも熟れないこともある（実際、プラムや桃のなかには最後まで熟れず、固かったり青かったりするまましなびてしまうものも稀にだがある。あれはほんとうにかなしい）。さらに、到来物というのもある。おすそわけもすることはするが、なにしろ誇りを賭けているので、できるだけ自分で消費したいと思ってしまう。たべきれない分はジャムにしたりお菓子にしたりジュースにしたりする。時間のゆるす限り。

朝起きてすぐ、「あれをたべなくては」と思い、「もしあれが熟れていたらどうしよう」と思う。でもそれは、闘志が湧いてたちまち目がさめるような、心にも手足にもひたひたと力が漲《みなぎ》るような、充実感のある前向きな、やる気になる心配なのだった。

病院と豚足

半年くらい前から、椅子から立つときに片方の膝がぴりっ、もしくはきりっ、となり、「いた」もしくは「いたた」と呟いていたのだけれど、一瞬のことなのですぐに忘れてしまっていた。そうしたらそのうち、一瞬が一瞬でなくなり、立ったあとしばらく足をひきずらないと歩けなくなった。足をひきずる時間は、数分のこともあれば数時間のこともあり、踵《かかと》の高い靴をはいていたりすると、一日じゅう続くこともある。ある日、しゃがめなくなった。犬の顔を拭いたり毛にブラシをかけたり、耳を消毒綿で掃除したりする（垂れ耳の犬には必須）ときに困った。片足だけ前に立てた恰好で、不安定にしゃがむよりなかったが、他にも、日常のなかでしゃがむという動作は存外大事なのだった。

年をとった人が、立ったり坐ったりのたびに「いたた」と言ったりすることがあるのは、子供のころから見て知っていた。でも不思議な気持ちがした。これがそれだろうか、私はそんなに年をとったのだろうか。

寝るときも片膝だけ立てて寝るようになり（深く曲げるのも痛いのだけれど、まっすぐにのばすのも痛い）、ふくらはぎが怠《だる》くなったり土踏まずがつったりもするようになったので、仕方なく近所の病院に行くことにした。

運動とも怪我とも無縁の人生なので、整形外科というのは、私には未知の場所だ。受付に保険証を提出し、ロビーで待つ。夕方で、ロビーは薄暗く、私の他に人はいなくて、ごくしぼった音量で、テレビがつけられていた。足に包帯を巻き、松葉杖をついた男の人が奥からでてきて椅子に坐ったので緊張した。私は怪我人を見るのがこわいのである。すいているのですぐに名前を呼ばれるだろうと思ったけれど、誰の名前もなかなか呼ばれない。体のなかがざわざわして不安になった。

でも私には、本のなかという幸福な避難場所がある。翻訳ミステリーの文庫本を、鞄からとりだして読む。読めばたちまち物語の世界にひきこまれる、はずだった。そうはならず、読み始めてすぐに、私はつっかえてしまった。強盗が食料品店に「押しこんだ」と書いてあったからだ。しかも、その言葉はたびたびでてくる。「酒屋に押しこんだのもやつかもしれません」とか、「酒屋へ押しこんだ男は、店主をおどすのに一発撃つ必要があったのか？」とか。

押しこむって、言うのだろうか。押し入るの間違いではないのだろうか。でも、押しこみ強盗とはたしかに言うし、しのびこむ、とも言う。もしかすると、テレビをみなくて新聞も読まない私が知らないだけで、最近はそういうふうに報道されていたりもするのだろうか。包丁を持ってコンビニに押しこんだ二人組が、とか？

名前を呼ばれたとき、私の頭は「押しこむ」で一杯になっていた。その言葉が正しいのかどうか知りたいという欲求で。

診察してくれたのは女医さんだった。レントゲン写真を撮り（私にも骨があった。はじめて見た）、それをあかりに透かして説明してもらったところによると、骨と骨のあいだにある軟骨が、すり減っているらしい。

「どうすれば軟骨がふやせますか」

と訊いたら、

「軟骨はふえません」

という返事だった。ヒアルロン酸を注射するという手もありますが、とりあえずきょうは痛み止めと湿布をだしておきますので、またみせて下さい、と言われて病院をでた。

薬屋さんで薬を受けとり、私は考えてしまった。すり減った軟骨がふえないのだとしたら、痛み止めをのんでも湿布をしても無意味ではないだろうか。

家に帰ってパソコンをあけると、一週間後に会食する予定の人からメイルが届いていた。

「何かたべたいものがありますか」

と書いてあった。こういうとき、私はいつも「お任せします」とこたえることにしている。好き嫌いはほとんどないし、編集の人というのはおいしいお店をよく知っている(場合が多い)から。けれどこのとき、まさに天啓のようにひらめいて、

「豚足！　豚足がたべたいです」

と返信した。あのぷるぷるやとろとろは、間違いなく膝にいいと思ったのだ。

そして会食当日、私はぎくしゃく歩いてそのレストランに行った(痛み止めは、何度かのんだら胃が荒れたので、のむのをやめてしまっていた)。青山にあるバスク料

理屋さんで、豚足のパン粉焼きがあるのだという。

「足、どうされたんですか？」

私を見ると、編集の人は驚いた表情で言った。背が高くてほっそりした、繊細な顔立ちの男の人で、はじめて担当して下さってから、おつきあいは結構ながい。

「軟骨がすり減りました」

私はこたえ、

「でも豚足で治るかも」

とつけたした。ストライプの入ったテーブルクロス、バスク語と思われるラジオ放送。小ぢんまりした居心地のいい店で、ハーブや大蒜《にんにく》やローストした肉の、食欲をそそる匂いがすでにしていた。

蒸し暑い夜だったので、ワインではなくシードルをたのんだ。前菜に、マッシュルームのサラダと野菜スープも。

「お店に強盗に入ることを、押しこむって言いますか？」

この人のお勤め先が新聞社（の出版部）であることを思いだし、私は訊いた。

「押しこみ強盗だから押しこむ、のだと思います？　新聞社の人たち、そんなふうに言う?」

彼はじっと考えて、押しこむ、押しこむ、押しこむ、と三度呟いてから、

「言わないと思います」

ときっぱりこたえた。私は、自分でも可笑しいほどほっとしてしまった。

豚足のパン粉焼きはすばらしくおいしかった。粉のついた皮はぱりぱりに焼け、内側のぷるぷるもとろとろももっちりも澄んだ味でかすかに甘く、乳白色で丸い骨の一つ一つをしゃぶって、私は全部たいらげた。上下の唇がくっつき、指もべたべたになった。

店をでたとき、私の歩き方は依然としてぎくしゃくしていた。

「胃に入れたものがどうして膝に行くと思うんですか」

苦笑されたが、おいしかったからいいや、と思った。それに、胃に入れたものが膝に届くまでに、すこし時間がかかるだけかもしれないではないか。

(注・ところが〝押し入る〟は〝押し込む〟とも言うことが後日判明)

のり弁の日

お弁当を作ってどこか戸外へでかける、ということを、もう随分していない。そう思ったら、どうしてものり弁をたべたくなった。戸外にでかける予定はないのだけれど。

女子校に通っていたころ、母が毎日お弁当を作ってくれていた。母の作るお弁当はいつも色合いが地味で（たとえばおでんと茶めし。母はその組合せを気に入っていた）、しかも大きいのだった。他の子たちのお弁当は一様に小さく、こまごまといろいろなものが色どりよく詰められていた。ゆで玉子がうずらだったり、ハンバーグの直径が三センチくらいだったり。プチトマト、というものの存在を私がはじめて知ったのも、お友達のお弁当を見てだった。本物じゃないみたいにかわいらしいモノだと思った。でも、プチであろうとなかろうと、生野菜をお弁当に入れるというのは母のやり方ではなかった。私のお弁当に入っている野菜といえば、茹でたホウレン草とかインゲンとか、漬物とか煮物とかで、やっぱりなんだか地味なのだった。

のり弁の日は、いつもにも増してお弁当箱が大きく、ずしりと持ち重りがした。私はのり弁が好きだったのだけれど、大きさと重さが恥かしく、もっと小さいお弁当箱に詰めて、と何度か頼んだ。でも母は、「そんなんじゃろくすっぽ入らないじゃないの」と言ってとりあってくれなかった。

そんなことを思いだしながら、二人分ののり弁を作った。のり弁のおいしさは冷めたあとにこそわかる――しっとりと湿った海苔の風味、ごはんと海苔といり玉子の段々が、重みと時間の作用によって、しっかり一体となった味わい――と思っているので、午後早くに作った。晴れた昼間で、おもてでしきりにオナガが鳴くのが聞こえた。この夏は、近所でオナガをたくさん見かける。それも、公園とか木の枝とかでではなく、普通の歩道で。ついこのあいだも、まるで信号待ちでもしているみたいに、横断歩道のわきに二羽佇んでいた。ほっそりしていて、その名の通りに長い尾は水色、頭のてっぺんの黒いその鳥はとても美しいけれど、鳴き声はあまり美しくない。太い、はっきりした声で、「ジューイ」とか「ギューイ」とか聞こえるふうに鳴く。「ギューッ」「ジューッ」だけで「イ」のないときもあり、そういうときは、何か怒っているように聞こえる。

子供のころもいまも、私はたまたまおなじ世田谷に住んでいるのだけれど、昔よりいまの方が、住宅地でいろいろな種類の鳥を見かける。たとえば、春には毎年うぐいすを見るが、子供のころの私は、昔話や花札にでてくるその鳥について、「ホーホケキョ」などというふざけた鳴き方をする鳥がほんとうにいるはずはない、と思っていた。きっと昔はいて、でも平安時代くらいに絶滅した鳥で、だからこそ人々は、色や豆や和菓子の名にして偲んでいるのだろう、と考えていたのだ。

鳥だけではなく、ちょうちょもそうだ。かつて――というのは三十五年くらい前――、家の周りでいちばんたくさん見かけるちょうちょはしじみ蝶だった。小さくて、羽根がうすむらさき色のあのちょうちょが、私は大好きだった。よくつかまえて遊んだ（つかまえてすぐにぱっと放したので、ちょうちょにダメージを与えているとは考えもしなかったが、勿論たくさん与えたのだ）。しじみ蝶は、夕方に野すみれの群生するなかにまぎれてしまうと、ほんとうに見分けがつかなくなる。じっと目を凝らして立ったまま待ち、それを見分ける瞬間が好きだった。ふいに見分けがつくのだ。その一瞬は、でもすぐに過ぎてしまう。また目を凝らして待つ。そんなことをしていると、いつのまにかとっぷりと日が暮れているのだった。

しじみ蝶の次に多いのがもんしろ蝶で、三番目がもんき蝶、四番目はあげは蝶で、これは滅多に見られなかった。でも最近は真逆だ。すくなくともここ十年くらい、近所でいちばんよく見るちょうちょがあげは蝶で、ときどき見るのがもんしろ蝶ともんき蝶、しじみ蝶は全く見ない。理由はわからないけれど、小さな生きものの分布図が変化したのだと思う。

話がそれてしまった。

オナガの声を聞きながら、ひさしぶりにのり弁を作って驚いたのは、卵の使用量だった。お弁当箱に何段か敷きつめられるだけの分量のいり玉子を作るのに、こんなに卵がいるのだっただろうか。二人分で六個使った。

ごはん、海苔、玉子、ごはん、海苔、玉子、ごはん、海苔、玉子と重ね、しばらくふたを斜めにのせておく。粗熱がとれたところできっちりとふたをして、あとは夜を待つばかり。

夕方、いつもの魚屋さん（冷蔵ケースも水道も完備された軽トラックでやってきて、その場で魚をさばいてくれる）がきたので、すすめられるままに、赤ホゴという魚を買ってお味噌汁にした。赤ホゴというのはカサゴに似ているけれど違うもので、山口県でとれるのだそうだ。

他に、つまみというか、おかずを幾つか（焼鮭、こんにゃくの炒め煮、にんじんサラダ）作ったことは作ったのだが、あくまでものり弁主体に考えた献立だったので、いざならべてみると、随分質素な食卓になった。

夜ごはんなのにつめたいお弁当というのはどうなのだろう、ということに、私はようやく思い至った。

「あのね、きょうのごはんはのり弁なんだけど……」

切りだすと、何事につけてもまず理由を訊く癖のある夫は、

「何で？」

と訊いた。そして、私がこたえるより早く、

「ああ、ワールドカップだからか」

と、自分で結論づけてしまった。

「まあ、そんなところ」

　ワールドカップとのり弁のあいだにどういう関係があるのかわからなかったけれど、私はこたえた。そして、献立が質素なぶんのみものは贅沢にしようと思いついてシャンパンをあけた。シャンパンはその日の献立に妙にしっくりと合い、のり弁はおいしかった。

そして人生は続く

手入れを怠っているので庭というより藪というべき状態だったはずの庭が、十一日間の旅から帰ると、藪というより密林というべき状態になっていた。私の嫌いな、名前のわからない、茎の直径が二センチもあって、大きな葉がたっぷり茂り、白緑色の小さな花房がたくさんつく、丈夫でしぶとい植物が三株、どこから来たのか忽然と出現し、私の背丈ほどにのびている。茎が四方八方に枝分れしているので、もともと狭い庭の幅（建物から垣根までの奥行き）に収まりきれず、リビングのガラス戸に葉がぎゅうぎゅうおしつけられてこすれるありさまなのだった。室内からはその緑しか見えない。抜くというより斧で切り倒したい気持ちなのだが、私は斧を持っていない。

今回の旅先はポルトガルのなかでもスペインとの国境に近い地方で、テーマは「アグリツーリズム」だった。その土地の人々が昔からたべている、「ソウルフード」を訪ねる旅。

私は昔から、海外に行っても特に日本食が恋しくはならない。居住するとなれば無論別なのだけれど、旅である限り一カ月でも二カ月でも平気だ（虫や蛇やドングリをたべる土地は除く）。素性の不確かな日本食より、その土地で人々が日々たべているものの方がおいしいに決まっている。

事実、おいしかった。アレンテージョ料理は煮込むものが多く、ヴォリウムはあるけれどくどくない。どの料理も基本的に塩辛い、という難点はあるものの、質のいいオリーヴ・オイルと大蒜《にんにく》、コリアンダーやオレガノを使った味つけは素朴でやさしく、鱈や鰯といった魚もたくさんたべられる。心配していたたべ疲れ——というのも、私は田舎が恐ろしく、あまりにも雄大な自然とか、人々の善意（都会のそれとは別種の、田舎の人々だけがもつ善意）に接すると、動転して理性（もともとあまりないが）を失い、断るということができなくなって、すすめられるままに幾らでもたべ、たべればたべるほど、善意の人々にまたすすめられる、という事態が容易に想像できたからだ——も、おそらくは動転のあまり、全く感じずに済んだ。連日かんかん照りで、気温が四十度近かったということも、理性喪失に拍車をかけたのだと思う。強すぎる日射しは思考能力を奪う。周囲は日陰というもののない、畑や草原や一本道ばかり。日焼け止めをぬってはいたけれど、乾燥のあまり肌がかさかさになって皮がむけた。

旅が終ったとき、私がほとんど放心していたのは、だからたべ疲れではなくて大自然あたり、もしくは人々の善意あたりだった。飛行機の経由地のミュンヘンの、広々して都会的な空港に着いたとき、ようやく普段の心持ちに戻った。

灼熱のポルトガルから帰ったというのに、成田で一歩外にでて、「うわあ、暑い」と最初に感じた。この湿度……、日本は梅雨なのだった。

朝の飛行機だったので、お昼には家に帰り着いた。梅雨どきに十一日間家を留守にするということは、室内の空気が生ぬるく澱《よど》み、庭が息苦しいジャングルと化し、お風呂場にカビがはえ、ゴミが悪臭を放っていることを意味する。梅雨とは関係がないけれど、そこらじゅう埃だらけで、洗濯物と郵便物が山をなし、宅配便の不在票もたまっている。ファックスの紙は散乱し、活けてあった花はしおれて腐りかけている。現実を目の前にして、でもたじろいでいる場合ではないので、まず家じゅうの窓をあけた。洗濯機を回し、ベッドからシーツをひきはがし、ゴミをまとめて外の容器に入れる。冷蔵庫のなかは当然からっぽなので、それから夫とお昼ごはんをたべにでかけた。

家から車で十分くらいの場所にあるそのお蕎麦屋さんは、時間が遅めだったせいか、土曜日なのに空いていた。一品料理の種類がとても豊富な店で、日本酒もいろいろ揃えてある。そして、機内食をたべなかった私は、嬉しいほどお腹がすいていた。熱烈な注意を傾けて品書きを何分も何分も眺め、これもたべたい、あれもたべたい、と迷ったあげく、鯒《こち》のお刺身とくみあげ湯葉、鴨の燻製、玉子の黄味の味噌漬と、ひげつきのベビーコーンを焼いたもの、を次々頼んで次々たべた。私がさらしなそばを、夫が胡麻だれのうどんをたべ、それでもあきたらず、「海苔かけ」と呼ばれるざるそばを追加注文して半分ずつたべた。私の食欲に、夫は怯《ひる》んだようだった。

店をでると、雨が降っていた。ひんやりしたその匂いをかいだとき、気温四十度の田舎道も、強烈な日射しも、塩と大蒜とオリーヴ・オイルとハーブの日々も、善意あふれるアレンテージョの人たちも、はるか遠いものになっていた。

食材を買い込み、預けてあった犬を迎えに獣医さんに行った。犬が腎臓を病んでいることが新たに発覚し、食餌療法のことなど教わる。

夜ごはんには魣《かます》の一夜干しを焼いた。お昼が遅かったので全然空腹ではなかったが、胃ではなく舌の欲望に負けて、鯵丼ときゅうりサラダも作ってたべた。好きなものをたべられるというのは、何ていいことだろう。旅先で出会った料理はどれもほんとうにおいしかったし、現地では、他のものをたべたいとはちっとも思わなかった。でも――。私は、あしたの朝はたっぷり果物をたべようと考え、いつもはたべないお昼ごはんにも何かたべよう（冷し中華がいいかも）と考え、夜はキーマ・カレーにしようと考えて、考えるだけで嬉しくなった。

それらをきっちり実行した結果、料理の取材にでかけた海外ではなく自宅で、私は勝手に、すっかりたべ疲れしたのだった。

バターミルクの謎

子供のころに読んだ外国の物語のなかには、知らないたべものがいろいろでてきた。ヨークシャー・プディングとかつぐみパイとか、リコリス・キャンディとかクランペットとか。わからなくても——というより、わからないからこそ勝手に妄想をふくらませて——、味や匂いや色や形状、そのたべものの持つ気配を十分に味わうことができたし、それらはとても「いいもの」、自分のまわりにある実際のたべものとは位相が違う、「輝かしくおいしいに違いないもの」だった。

大人になって、その多くを実際にたべることができたし、たべなくても、それがどういうものであるのか、料理の本や写真集や、映画やテレビや外国の街角で見て理解した。でも、バターミルクだけは謎だった。

書名を瞬時には言えないのだが、すこし古い子供の本に、バターミルクはときどきでてきた。それはまず、のみものである（本のなかで、子供たちがごくごくのむ。おいしそうに、のどを鳴らして）。「新鮮な」とか「しぼりたての」といった形容詞がしばしばつく。ということは、ミルクを使った飲料であることは確実と思われる。わかるのは、そこまでだった。

バターミルクというからには、バターが入っているのだろう、と思っていた。バターミルク味のキャンディとかスナック菓子は、確かにバターとミルクの味が両方するから。

仕事上の必要があって、二十年ぶりくらいにローラ・インガルス・ワイルダーの著作を読み返していたら、それが大きな誤りだったことがわかった。バターミルクは、シリーズ一作目の『大きな森の小さな家』のなかにでてくる。それによると、「しぼった牛乳の上にかたまってできるクリーム」を「背のたかい陶製のかきまぜ鉢」に入れ、「長い木のつき棒」で何度も何度も突く。「かなり長いことやっていると、それが、小さなつぶつぶになってくる」。さらに突き続けると、鉢のなかに「金色のかたまり」が出現する。そのかたまりをとりだし、つめたい水でくり返し洗い、塩をまぜたものがバターになる。そして、そのとき鉢のなかに残った液体がバターミルクなのだった。クリームからバターを抽出したあとの、おそらくは薄い（さらに想像すると生ぬるい）液体。おいしそうな気はしない。けれど物語のなかで、幼い主人公姉妹が母親のするバターの型抜きを興味深く見守り（「バターの小さな金色のかたまりが、ポトン、ポトンと、おちて」くる）、「型ぬきがすむと、かあさんは、ふたりに、おいしい、新鮮なバターミルクを、一ぱいずつ飲ませてくれました」と語られるそれは、どうしても、清涼で素朴でおいしいものに思えてしまう。

ローラ・インガルス・ワイルダーの自伝的生活記録ともいうべきこのシリーズ（全九作）には、「塩づけのブタ肉」とか「ひきわりトウモロコシのパン」とか、おいしそうなものが他にもたくさんでてくる。「タラのグレイビィ」とか、「ウサギ肉のシチュー」とか、「草原ライチョウの肉」とか「焼きたてのジョニイ・ケーキ」とか。ほんとうに、物語のなかのたべものというのは、なぜこうも輝かしくいいものに感じられるのだろう。

バターミルクに話を戻すと、そもそも私は牛乳が嫌いで、バターは好きだけれど勿論バターをのむ気はしなくて、それなのにバターミルクをおいしそうだと思う自分が、我ながら理解できない。

牛肉のバター焼きというものがある。生前母もときどき作った。けれど私は、バター好きなくせにそれが好きではなかった。バターは、焼いたり炒めたりに使うと脂の風味が立ってしまってくどくなると思うからで、ホウレン草とかレタスとかの野菜や鶏や白身魚ならともかく、もともと脂のある牛の肉を、さらに動物性のバターで焼くのはどうかと思う、と思っていた。

でも――。

『幻の朱い実』(石井桃子・岩波書店)という本を読んで以来、ときどき無性にそれがたべたくなる。「牛肉のバタ焼き」(この本のなかではそう表記される。バター焼きではないのだ)は、女性主人公とその女友達が、「奮発」したいときや元気をだしたいとき、相手に元気や体力をつけさせたいときにたべるもので、かなりしばしばでてくる。体調が悪いときにも(回復のために)たべたりするので驚くのだが、それが理にかなって思えるし、しみじみおいしそうなのだ。身体が欲していそうな感じ。小説のなかが昭和の前半であることと、それはたぶん関係している。時代の、気分。

女性が勉強することも職業を持つこともいまよりずっと難しかった時代に、二人はそれぞれのやり方で、学び、収入を得、戦争を生きのび、周囲と折りあいをつけたりつけなかったり、家庭を持ったり持たなかったりしながら互いに互いを（インテリで、ユーモアのセンスも感受性も豊かな二人らしく、べったりではなくつかず離れずの距離を保って）支えあうのだが、この人たちが、ほんとうによく肉をたべるのだ。牛肉のバタ焼きだけじゃなく、ビフテキも、リヴァー・ペーストも。彼女たちが純粋な喜びを持ってそれらを身体にとり入れるさまは、どきどきするほど官能的だ。性愛とは全くべつの、いわば生命の官能。

のんだことのないバターミルクも、苦手な牛肉のバタ焼きも、間違いなく私の栄養になっている、と思う。

昭和のお砂糖

いまでも偶《たま》に、お菓子を焼く。でもそれは、ほんとうに偶のことだ。かつては随分しょっちゅう焼いていた。味ではなく、焼いているときに部屋じゅうにひろがり、立ちこめる匂いが好きだった。味ではなく匂いのために、たぶん私はせっせとお菓子を焼いていたのだ。最近はあまりしない。お菓子が焼きあがるときにオーヴンから漂うあの温かく甘い匂いは、たしかに幸福感に満ちていて、でもいったん立ちこめるとなかなか消えず、そこから逃げられず、閉じこめられるような脅威を感じるからだ。

でもこのあいだ、さくらんぼをどっさりいただいたので、クラフティを焼いた。クラフティは、果物のグラタンというか、粉の入った焼きプリンみたいなお菓子で、すごく簡単に作れる。

あ、まただ。

作り始めてすぐに気づいた。偶にお菓子を焼くとき、私は自分の記憶しているレシピより、随分お砂糖を減らして生地を作る。そしてそれは、私の味覚の変化でもあるが同時に、というかそれ以前に、時代の味覚の変化であるような気がする。

十代のころ、お菓子の作り方の本を見て、あれこれのお菓子の作り方を覚えた。お菓子は「材料をきちんと量ること」が大事だと、どの本にも書いてあったので、私はそうした。何度も作ったものは、だから本に書いてあったお砂糖の分量をいまも憶えている。丸型とか角型とかエンゼル型とかクーゲルホフ型とかの差はあっても、直径（角型の場合、直径とは言いませんね。何だろう、辺？）がだいたい二〇センチ前後の、家庭で一般的に使われるケーキ型一個分で、一二〇グラムから一六〇グラムのお砂糖が使われていた。

たとえば、わかりやすい配分なのでよく憶えているのだけれど、「カトルカール」という名前のお菓子があって、「カトルカール」というのはフランス語で四分の一が四つという意味で（ほんとうかどうかは知りません。でも、どれかの本にそう書いてあった）、バターとお砂糖と小麦粉と卵を同量（一五〇グラム）ずつ混ぜ合せて焼く。

山のようなお砂糖。昭和だなあと思う。私の少女時代は、たしかに昭和だった。

本に載っている配分というのは著者（お菓子研究家とか、パティシエとか）によって違うので一概には言えないけれど、それでもお砂糖量は平均的に言って、最近のレシピの方がぐっとすくない。

いま私の手元にあるいちばん古いお菓子の本（『見ながらつくれる手づくりのケーキとクッキー』大里敏子、女子栄養大学出版部、初版発行は昭和四十七年一月）と、比較的最近の本（ＮＨＫきょうの料理シリーズ『藤野真紀子のとっておきのお菓子』ＮＨＫ出版、初版発行は平成十年十月）とでスポンジケーキをくらべてみると、お砂糖の量は前者が一五〇グラム、後者が九〇グラムになっている。『はかりのいらないお菓子作り』（本谷恵津子、文化出版局、初版発行は平成十二年五月）では、スポンジケーキのお砂糖は「一カップ」となっていて、グラムに換算すると、だいたい一〇〇。

勿論、どれがいいとかよくないとかの話ではなく、ただ、昭和だったなあと思うのだ。昭和はたぶん、お砂糖の時代だった。

グレープフルーツというのは半分に切って、スプーンですくいやすいように果肉の周囲（および何等分かの放射状）にナイフを入れ、たっぷりのお砂糖をかけてたべるものだと思っていたし、いちごには、お砂糖と牛乳をかけて（いちごをつぶして牛乳をピンク色にしてから）たべるものだと思っていた。そのようにしてたべるために、グレープフルーツ用の、先がぎざぎざになったスプーンというものがあったし、いちご用の、底が平らになったスプーン（多くのものは、いちごの模様が型押しされていた）もあった。

遊びに行くと、お砂糖の入った麦茶をだしてくれるお家もあった。子供用にそうしているわけではなくて、そのお家では、麦茶というのは当然お砂糖の入っているべきものなのだった。お砂糖をかけないとトマトがたべられない、と言う友達もいた。

そういえば、以前お会いした音楽評論家の立川直樹さん（長身瘦軀、白い豊かな髪を肩までのばし、立ち居ふるまいも話し方も笑顔も、どこまでもゆったりとして優雅な男性）は、子供のころ、ゆで玉子というのはお砂糖をかけてたべるものだと「信じて疑ってもみなかった」とおっしゃっていた。塩のついたゆで玉子をはじめてたべたときには、「ショックのあまり吐きだしてしまった」そうだ。

ゆで玉子とお砂糖という組合せを私はそれまで考えたことがなかったのだけれど、試してみたらおいしかった。鶏卵素麵や黄味しぐれ、カステラといった例を持ちだすまでもなく、卵とお砂糖は相性がいい。

お祝いごとの贈答品としても、お砂糖はいまよりたくさん流通していたと思う。子供のころ、ピンクと白の、薔薇のかたちの角砂糖というものに感銘をうけたし、一度、大きな缶にぎっしりのグラニュー糖をいただいた（私がではなく、勿論両親がですが）ことがあり、ふたをあけたときには、真白できらきらした、あまりにもたっぷりのお砂糖の、贅沢な佇いにうっとりした。ふたにすみれの花の絵がついていたことも憶えているので、私にはこの缶と中身が、余程印象的だったのだろう。

前回、牛肉のバタ焼きのことを書いたけれど、昭和のわかりやすいごちそうといえば、牛肉とお砂糖だったのだ。

そんなことを考えながら、でもお砂糖を控え目にして焼いたクラフティは、さくらんぼを種ごと焼き込んだので果汁が生地に流れでずに果肉のなかにとどまり（その分、生地にはさくらんぼのリキュールをしみこませた）、それがやわやわの果肉のなかで温かく煮えていておいしかった。

コールドミートのこと

好きなたべものに、コールドミートがある。ハムとかランチョンミートソーセージとか、冷めた薄切りのローストビーフとか。コンビーフとか鳥わさとか、スモークした牛タンとか。

熱々の肉料理も勿論おいしいのだけれど、コールドミートには、なんというか、旧い友達のような心やすさがある。だからつい、気をゆるしてしまう。いつたべても大丈夫。満腹になったり苦しくなったりはしない。さらにすばらしいのは、コールドミートの冷淡さというかそっけなさ、礼儀正しさで、旧い友達ではあっても過剰に親しげな顔をしないところだ。なれなれしくないし、うっとうしくない。

昼間、果物だけでは物足りないなと思うとき、私はよくコールドミートをつまむ。

それはしっとりしている。控え目である。でも、そのように加工された肉そのものの、味と嚙みごたえがする。風味づけに使われているもの――コショウならコショウ、スモークチップならスモークチップ、ピーマンならピーマン、コンソメならコンソメ――の風味が素朴に十全にその役割りを果している。シンプルで、とてもわかりやすい。

普通の（というのは熱々の）肉料理のように、湯気や煙がでたり、匂いがひろがったり、ジュウとかジャーとかぐつぐつとかの音がしたり、肉汁が溢れたり、口のなかでとろけたりしないので、五感が混乱しない。五感を平静に保ったまま味わえるコールドミートを、私はどうしても旧友のように感じてしまう。昼間は、ということだけれど。

では夜はどうかというと、五感をどのくらい動員できるかが勝負だ（でも何のだろう。何との勝負なのだろう。謎だ）と思っている。

そもそも、熱い（あるいは温かい）肉料理を身体に収めるには体力が要る。気力も。そしてその体力と気力は、子供にはなかなか所有できないものだと私は思う。恋愛に度を失ってでもいない限り、大人でもそのエネルギーを日々維持することは難しいのだ。

誰か――家族でも、（好きな）友人でも、（好きな）仕事仲間でも――と食事をするときにだけ、私にはそのエネルギーが湧く。だから五感混乱の危険もおかす。大人だから、勇敢にも、無謀にも。

翻ってコールドミートは、昔から、勇敢でも無謀でもない子供だった私の身体にもひっそりと収まってくれる、いいものだった。

スモークした牛タンを、はじめてたべたときのことを憶えている。それは到来物だった。箱をあけ、サテンの布の中央に麗々しくのった物体を見て、母は顔をしかめた。小学生だった私がそばから「何?」と尋ねると、「これ、牛の舌よ」と、さも困った口調でこたえ、「でも、まあ、晩酌のときにだせば、パパがたべてくれるでしょ」と、半ば自分に言いきかせるように呟いた。彼女は、それを冷蔵庫に入れることさえ気味がわるいと思っているようだった。

ちょびっとたべさせて、と頼んだときには、だからぎょっとされた。あんたは残酷ね、と母は言い、でもちょびっと、切ってたべさせてくれた。私は無表情になるくらい、声もでず、びっくりして粗相しそうになるくらい、そのたべものに胸打たれた。この世にこんなにおいしいものがあったのか、と思った。

アンドリュー・ラングの書いた『りこうすぎた王子』(岩波書店)という童話のなかで、主人公のプリジオ王子は竜退治にでかける。「(王子は)千里ぐつに足をつっこみ、かくれぼうしを頭にのせ、まほうの刀をこしにつるし、厚切りのパンとつめたい牛タンをふくろに入れて、いきおいよくせおいました。はらがへってはいくさはできぬ、といいますからね」(福本友美子訳)というのが、その出発の場面。

長く品切れだったこのおもしろい童話が、すこし前に新訳で復刊され、ひさしぶりに再読した私は、この場面を読んで深く嬉しく納得した。「つめたい」牛タン。

完璧なバランスではないだろうか。命がけの冒険に出発しようというとき、必要なものは、そりゃあ千里靴と隠れ帽子と魔法の刀と厚切りのパンとつめたい牛タンであろう。前者三つは魔法の力を帯びた特別なものであり、でも後者二つはそれらと並記されてすこしもひけをとらない存在感を持つばかりか、魔法の力をもってしても満たせない、生身で誰もが感じとれるニーズを、これ以上にない質と量で満たしている。

薄切りのパンでは頼りないし、焼きたての牛タンとか、とろとろに煮込んだ牛タンとか、ねぎを山盛りにのせてレモンを一絞りした牛タンとかでは、やっぱり力強さと真剣味に欠ける。

ここは、絶対にコールドミートでなくてはならない。だって王子は一人ぼっちで、孤独に、雄々しく旅立つのだ。お腹がすいたからといって、誰かとたのしく食事をするわけではない。かわいそうに。

私はコールドミート好きだけれど、大人になって誰かと一緒に熱い肉料理を身体に収められるようになってよかったと思う。たとえばちょうど一週間前に、花火大会があって夫と二人で妹の住む実家に行った夜、驚いたことに妹のボーイフレンドが牛タンを焼いてくれ、さらに驚いたことには妹がしたり顔で即座にねぎを刻み始め、「この家で牛タンが焼かれるのなんてはじめてのことじゃない?」「かーさんはそういうもの苦手だったもんねえ」などと姉妹で話しながら、ビールをのんだのだったけれども、そういうときにはとくにしみじみ、よかったと思うのだった。

夏休み、うどん、そして数独

いま、家には遠藤と鬼塚がある。もう一つ、中尾というのもあるのだけれど、それはたまたま切らしている。何の話かというと、うどんの話。遠藤何某、鬼塚何某、と、迫力のある墨文字で作り手の氏名がラベルに記されたうどんのシリーズがあり、これがおいしい。最初は近所のスーパーマーケットで買っていたのだけれど、いつのまにかそこではそのシリーズを置かなくなった。数年前に広尾の明治屋で再会（？）したときには、だから嬉しかった。「まあ、遠藤！」「ああ、中尾も！」「鬼塚、こんなところに！」一つずつ手にとって胸の内で呼びかけてしまったのは、家ではそれらがもはや、作り手ではなくうどんそのものの名前として定着していたからだ。名前がつくと、親しみが湧く。

すこし前まで、東京にうどん屋さんは（いまと比べると）すくなかった。うどんは家でたべるもの、という感じがあった。うどん屋さんというものの存在を私が意識したのは、だから大人になって、あちこち旅をするようになってからだ。おもに西に。『左岸』という小説を書いていたころ、たびたび福岡に取材に行った。お刺身とか水炊きとかラーメンとかもつ鍋とか餃子とか、福岡はほんとうにおいしいもののたくさんある土地で、そういう場所に、取材の名のもとに——というか、取材に——でかけられるのはとてもたのしかった。なかでも、福岡に行ったら必ず一度は（多ければ、一度の旅で二度も三度も）行くお店があって、それはうどん屋さんだった。「かろのうろん」という不思議な名前の小さな店で、ここのうどんはいつたべても、何度たべても、見事に完璧な風味と味なのだった。ひっそりしていて自然な、クリーンな味。

小倉の、駅のうどんも素敵においしかった。駅とか桟橋とか、乗り物を待つ場所にあるうどんはおいしい、と教えてくれた人がいて、私は機会があるごとに試している。

話を戻すと、遠藤は小豆島の、鬼塚は島原の、中尾は播州の、乾麺である。私はもっちりしたうどんより、つるつるしたうどんが好きなので、生麺ではなく乾麺を買う。それを注意深く茹でて、ざるうどんか、釜あげうどんか、きつねうどんにしてたべる。

でもきょうは、夏休みで夫が家にいるので、「ひきずりうどん」にしてたべた。「ひきずりうどん」は夫の郷里の山形のたべ方で、茹であげを、納豆と卵と葱とおしょうゆをまぜたものにつけてたべる。おなじく山形の特産品の、「おみ漬け」というお漬物を途中で入れると、さっぱりしてなおおいしくなる。

このたべ方の唯一の難点は、いきなりお腹がいっぱいになるところ。おいしいけれど、知らないうちに苦しくなるのだ。「ひきずり」をたべたあとには、だから休憩をする。夫の休憩はテレビをみることで、私のそれは、最近凝っている数独を解くこと。

九つの数字で八十一の枡目を埋めていくこのパズルは、かなり前に流行したそうだけれど、私は全然知らずにいた。はじめて知ったのはノルウェーに行ったときで、私の本を一冊翻訳出版してくれている出版社の人に、「うちは日本の作家の本を他にも幾つか出版しているけれど、一番売れているのは、なんといってもスドクだな」と言われたのだった。スドク？　何のことだかまるでわからなかった。昔の天皇の名前かと思った。濁点が余分だけれど、なにしろ相手は外国人だから。それが、七、八年前のことだった。

それからしばらくして、あるとき飛行機に乗ったら、機内誌にそのパズルがあった。

やってみたらおもしろく、あっというまに目的地に着いてしまった。それで、飛行機に乗る前には空港で数独の本を買うようになった。世界中、大抵どこの空港でも売っている。

気がついたら数独の本だらけになっていた。飛行機に乗るたびに買って、でも機内でしかやらないからだ。せっかくあるのだから、家でもやろうと思った。それが先月のことで、だからいま、凝っているのだった。数独のいい点は、おそろしいほど集中してしまえる点。集中するあまり、自分が満腹なことも忘れてしまえる。

「数字の勉強をしてるの?」

ひきずりうどんのあとで、仕事部屋で数独をしていたら、私が数学もパズルも苦手なことを知っている夫がからかいにきた。

「勉強じゃなく、休憩してるの」

とこたえたら、何を思ったか、いきなり計算問題を出題し始めた。「四引く三は?」とか、「五十一足す四十六は?」とか、小学校一年生くらいの計算問題だった。

「あなた、私をばかにしてるの?」

私は言ったが、「一」とか「九十七」とか、ちゃんとできることを示すべく、一応こたえた。「じゃあ百十五割る五は？」「二十六掛ける十二は？」

こたえにつまったのは、夫が「四割る三は？」と尋ねたときで、私はすこし考えて、「割りきれないわ」とこたえた。「割りきれるよ」と夫。「割りきれないわよ。だって、ええと、一・三と、ちょっとでしょう？」

夫はにやっとして、

「こたえは三分の四だよ」

と言った。

「はい？」

私は気色ばんだ。全然納得がいかなかったからだ。「ちっとも割ってないじゃないの」と言った。「だいたい、三分の四って、何の三分の四なのよ」

私にとって分数は、全体量がわかっているときにだけ意味を持つものだ。一斤の食パンを六分の一の厚さにスライスするとか、十粒の苺を二分の一ずつたべるとか。全体量がわからないときに分数にしても意味がないではないか。

そのようなことを私は言った。なんだか夏休みの算数ドリルみたいだ、と思うと可笑しくもあったけれど、分数の件はどうしても納得がいかなかった。けれど夫は、優

越感をたっぷり滲ませた声と表情で、

「まあ、数独がんばりなさい」

と言って、納豆の香り漂う階下におりていってしまった。

ビバ、指圧

切実に切実に、身体が指圧を欲していて、きのうの夕方、思いきってでかけた。なぜ思いきってなのかといえば、勿論書かなくてはならない原稿があるからで、でもこのままでは全身あまりにもぐったりしていて、頭のなかには煙草の煙が充満しているようだし、書けるものも書けない、という理由で自分に言い訳をしながら、ちょうど外食の約束もしていたので、その前に九十分、と決めてでかけた。

いまにも夕立がきそうに曇った、蟬のたくさん鳴いている蒸し暑い夕方で、おもてにでてたちまち汗ばんだ肌は、皮膚呼吸できない気がするほどだった。

その指圧屋さんは、もともと小澤征良さんに教えていただいたお店で、どの施術者も大変上手い。小さなお店で、他のお客さんたちとはパーテーションで仕切られているだけなので、指圧してもらいながら、隣の話し声も、隣の隣の話し声も、ときどきは鼾《いびき》や寝息も、聞こえる。でも私はそのざっくりした感じが気に入っている。恭《うやうや》しく個室に案内されて、儀式めいた手つきでアロマ・キャンドルを灯されたり、ボウルにはった水に薔薇の花びらを散らしたものを、施術台の顔の穴の真下――うつぶせになったときにちょうど見える位置――にセットされたりすると困惑する。何か感想を言わなくてはいけないような気がして緊張してしまう。ここは全然そういうふうじゃない。入店したらすぐ体操着みたいなものを渡されて、パーテーションの内側で着替えて、すぐ施術。

どの人も上手なのだけれど、きのう担当してくれた男の人は、ひさしぶりに――というのも以前感動して「指名」していた人が支店に移ったり独立してしまったりして、それ以来感動するほど上手な人にはめぐりあっていなかったからなのだが――、神様かと思うくらい完璧な指圧を施してくれた。圧力と弛緩、びんびん響く感じと、ぐぐぐ、と追い詰める感じ、じわ、と動く感じ。自分の身体が心底これを欲していたのだとわかった。ほんとうにほんとうに気持ちがよく、九十分のうちの一分一秒も惜しむみたいに味わった。終ったときにはいつもそうなるようにぼーっとしていたけれど、全身が人間に戻ったと感じた。この神様の名前を訊いて、次からは「指名」にしよう、と思った。指名料の五百円なんて安すぎるくらいだ、と。

「肩甲骨のまわりがすごいですね」

神様が言った。

「盛り上がっていて指が入らないくらいでした」

私は戸惑った。たしかに肩甲骨のまわりは私の凝りの極致ポイントの一つ(そこと、頭と、腕)なのだけれど、「盛り上がっている」というのは、肉がだろうか。それは太ったということではないのだろうか。

「ええと、何が盛り上がってるんでしょうか」

私は訊いた。神様はすこし考えて、

「肩甲骨のまわりです」

とこたえた。「肉?」単刀直入に尋ねると、「いや、肉っていうんじゃなく」という返事で、「皮?」と重ねて尋ねたら、「いや、皮っていうんじゃなく」という返事だった。

「それと、首の、神経がいちばん集っているところに集ってますね」

私は「何が？」と訊きたかったけれど、詰問するみたいで悪いと思ったので黙っていた。

「それと、こめかみに血がたまっていますね」

神様が言い、私は愕然とした。詰問とか悪いとか気にしている場合ではない。

「こ、こめかみに、血が？」

それは脳溢血とか、静脈瘤とか、そういうこと？　救急車沙汰ではないのだろうか。

「いや、血っていうか、眼精疲労」

私はほとんど感心してしまった。血と眼精疲労は全然違う。指圧の技術があれだけ正確な神様も、言葉は正確じゃないんだなあ。結局、びっくりしすぎて神様の名前を訊きそびれてしまった。

でも、外にでると信じられないくらい身体が軽くなっていた。体重が半分になったみたいだった。身体のどこもどんよりしていない。頭のなかも、視界もクリア。あまりにも爽快で、踊りだしたいくらいだった。ビバ、指圧。

食事をする予定の友人から、仕事がのびて遅れる旨、携帯電話にメイルが入っていた。時刻は午後六時半。空気は夜の色だけれど、そよとも風が吹かず、依然として蒸し暑い。指圧屋さんも約束のレストランも渋谷だったが、時間があるので代官山に行くことにした。気になっていた展覧会があり、ちょうどいいからのぞいてみようと思ったのだ。

駅まで歩き、東横線の階段を二度のぼった(なぜなら最初、間違えて急行のホームに行ってしまったから)時点で、私は汗だくだった。代官山で電車を降り、目あてのギャラリーは前にも行った場所なのに例によって道に迷い、ぐるぐる歩いてようやくたどりついたときには、服を着たままシャワーを浴びたようなありさまになっていた。

アクリル画が中心のその展覧会の絵は、余白が美しく、構図が物語を孕《はら》んでいておもしろかった(「肌鏡」と題された、内田文武さんという人の展覧会でした)。でも、ギャラリーをでる頃にはぐっしょり濡れたブラウスが冷房でひえてつめたく、自分がなぜこんなに汗をかくのか不思議で、ともかくこのまま食事に行くわけにはいかないと思い、近くのお店にとびこんでTシャツを買って着替えた。

身体は依然として軽い。乾いた清潔な服を着たら、気持ちまで軽くなった。それ以上汗をかかずに済むよう、タクシーでレストランに行った。遅れている友人を待つあいだに、氷とライムがガラガラ入ったスプリッツァーをのみ、オリーヴをつまんだ。

指圧後の身体に、その二つは目のさめる清冽さでしみた。

やがてやってきた友人とその夜にたべた夏の料理――グリンピースのつめたいスープ、アボカドと鶏の冷肉、とうもろこしのリゾット、桃とバジルのカペリーニ、白身魚のグリルなどなど――も、まるで生れてはじめてする食事みたいな新鮮さで身体に入った。目もよく見える。肩凝りのひどくない人たちにとって、世界はこんなに鮮烈なのかと驚いた。子供のころはこうだったのだろう、と思うと、なんとなく悔しい。

バーのごはん、そしてアラスカ

勿論自業自得なのだけれど、締切を過ぎてしまった原稿が複数あって、そうなると締切直前の原稿にはまだ手をつけられず、ようやく一つ出来上がっても、そのころにはべつな締切がまた過ぎているので、締切を過ぎた原稿の数は減らない（ややもすると増える）、というおそろしい状態になっていた。一週間のうち半分が徹夜、という日々が二週間くらい続いたのだけれど、その二週間のあいだ、何がすばらしかったかというと、バーのごはん。

徹夜ではない日、きょうはもうこれでやめよう、と思うと深夜で、料理をする余力はなく（というより、だいたい家に食材もなかった）、空腹で、それ以上に、こもりっぱなしの仕事部屋以外の空気を私は必要としていて、だからバーにでかけた。食事もできるバーが近くに二軒あり、一軒は午前三時まで、もう一軒は午前四時くらいまであいている。しかもどちらも年中無休（バーってすばらしいと思う。でかけない日でも、あいていると考えるだけで心が休まる。そこに行けば人がいて、灯りがあり、お酒がのめて何かたべられる）。よれよれなので着替えもせず、お化粧などはさらにせず、目が痛いのでコンタクトレンズも入れずにでかけていたが、バーは暗いので、安心（たぶん）。

バーのごはんは基本的にシンプルだ。焼いたサンドイッチとか、板わさとか、ステーキとか、野菜スティックとか。よれよれではあっても、ずっと書いていた余韻で妙に高揚してもいるので、普段のごはんよりがっしりしたものがたべたくなっていて、私は二週間のあいだにステーキを二度と、鶏のソテーを二度たべた。一緒にシェリー・トニックかバーボンの水割りを一、二杯のんで、ほっとして、帰って死んだように眠った。

たまたま原稿が一つできた日は、その受け渡しもバーでさせてもらった。旧態依然の手書きで、しかも鉛筆の文字が薄くてファックスでは読み取れないことが多いため、原稿そのものを渡す必要があるのだ。編集の人もまだごはんをたべていない場合は一緒にたべた。すでにたべていた場合は、お酒だけのんでくれた。

ずっと昔、父の原稿を取りにきてくれていた編集の人たちのことを憶えている。夜中までも朝までも、彼らはじっと坐って待っていた。母がお酒をだしたり酒肴を調《ととの》えたりしていた。書斎は、父と編集の人と二人分の煙草の煙でもうもうとしていて、「おやすみなさい」を言いに行くときと「おはよう」を言いに行くときとの、室内の気配と匂いと空気の澱み方の差に、圧倒されたものだった。

パソコンでやりとりするのが普通となった(らしい)いまでも、お宅まで取りにうかがいますよ、と言ってくださる編集者はちゃんといる。でも私の場合、家のなかが散らかりすぎていて、とても来ていただけない。すでに眠っている夫を起こしてしまいそうで心配だし、来ていただいても、切羽詰まって書いているときに、母のしていたようなおもてなしはできない。

さて、そこで、ところで、私にはバーがある。バーテンさんが、ちゃんとおもてなししてくれる。

この二週間のあいだに一度だけ、バーではない場所でごはんをたべた。てこずっていた原稿が一つできた日で、しかも時間は深夜よりずっと早くて、たぶん九時くらいだった。会社で待っていてくれた某誌編集長が、「江國さん、ごはんまだだったらハンバーガーはどうですか。旨い店があるんで、ごちそうしますよ」と言ってくれたのだった。しかも、そのお店は私の家から遠くない場所にあるらしい。指定された場所（中目黒のドン・キホーテの前）にぼんやり立って待っていたら、編集長が颯爽と現れ（この人はいつも颯爽としている）、颯爽とお店にエスコートしてくれた。

一目見るなり、おいしいお店だとわかった。アメリカの、ちょっと田舎な町にある店のような佇い。歩道に、灯りと一緒に、挽肉の焼ける素朴な匂いがこぼれていた。窓際の、二人掛けの小さな席が一つだけ空いていたのでそこに坐った。ビールと、クラムチャウダーと、アボカド・バーガーを注文した。

運ばれたビールはつめたく、クラムチャウダーは熱く、綺麗で正しい味だった。クラムチャウダーというのはこうでなくちゃ、という味。

ハンバーガーも、文句なしにおいしかった。とくに、こんがり焼けたバンズが。ただ、巨大なので、編集長が彼のハンバーガー（エッグ・バーガーというやつだった）をすっかりたべ終ったとき、私はまだ三分の一もたべられていなかった。彼は私の渡した茶封筒を抱きかかえ、半ば腰を浮かしかけている。そうだった、と私はようやく気づいた。私の原稿があまりにも遅かったために、この人はこれから会社に帰って入稿作業をしなくてはならないのだった。私は平身低頭し、勿論一人でも大丈夫だからと言って、先にお店をでてもらった。編集長はお店の真前でタクシーを止め、颯爽と帰って行った。私はそれからゆっくりハンバーガーをたべた。途中でビールのお代りももらった。時間はまだ十時くらいで、窓の外には人がたくさん歩いていた。若い人も年をとった人も、お勤め帰りの人も子供連れの人も。普段バーで見るのとは違う種類の人々だったので、私は、普段バーでは断固として考えないようにしていることを、つい考えてしまった。それは、こんな時間にこんな場所にいて不良主婦だなあ、ということ。いまだに自分でも慣れないけれど、結婚しているということは、主婦ということでもあるのだ。いつもは編集の人たちに甘やかされていて、お店で一人になったりしないので、一人になって、自由なような、心細いような気持ちがしたのだと思う。

それにしても、ここは中目黒の一体どのへんなんだろう、どっち向きのタクシーを拾えば帰れるのだろう。そう思って改めて見たとき、それが突然目に入った。私の位置から窓をはさんで正面の、ガードレールの前に大きな標識があって、人さし指で方向を示す絵と共に、ALASKA、と書いてあるではないか。アラスカ？　あっちに行くとアラスカなの？　びっくりした。大袈裟ではなく、私は二分くらいその標識を凝視していたと思う。自分がどこにいるのか、一瞬にしてわからなくなった。

正真正銘、これはほんとうの話です（ただし、ＡＬＡＳＫＡというのはその先にあるお店の名前だと、後日判明）。

一粒のブドウ

二カ月前に腎不全と診断された犬に、それ以来病院で指示されたドッグフードをたべさせていて、見た目はこれまでのドッグフードとそっくりなドライフードなのだが、うちの犬は、この新しいごはんをなかなかたべてくれない。朝与えても、夕方もしくは深夜までたべない。夜与えても、翌日の昼、もしくは夕方までたべない。いまのところ、最終的にはたべてくれているので、「時間がずれていくだけ」と考えるようにしてはいるものの、一日一回しかたべないということは、単純に言っていままでの半分しかたべていないことになる。

もともと非常に情熱的に食事を愉しむタイプ——器にフードを入れる音を聞いただけで突進してきて、自発的に「坐《すわ》れ」の姿勢をとり、同時に涎《よだれ》を垂らして床に小さな水たまりをつくる。「よし」と言うと即座に器に顔を突込み、ふぐ、とか、ふが、とか聞こえる鼻息と、カリカリ響く咀嚼音《そしゃくおん》をたてながら、いかにも幸福そうに、ときどき目をとじて口だけ動かし、全部きれいにたべ尽くす――だっただけに不憫で、はじめのうち、私はきゅうり一センチとか、サラダ菜一枚とか、つい与えてしまっていた。病気になるまでの十二年間、彼はドッグフード以外に、野菜や少量の果物、骨形の犬用チューインガムなどを嗜《たしな》んでいたのだ。そういう嗜好品ならば、痩せて弱ってしまったいまも、喜んですぐにたべる。

野菜なら、ほんのすこしなら、いいでしょうか。獣医さんにそう訊いたところ、とても申し訳なさそうに、言いづらそうに、やめた方がいいです、とこたえてくれた。

これはとても難しい問題だ、と私は思う。犬の腎不全というのは、現在のところ、治療のできない病気だそうだ。薬と食餌療法で、病気の進行を遅らせることだけができる。いわば延命。それをするために、彼はこの先、好きだったものが二度とたべられないことになる。ひさしぶりに、私は真剣に考えてしまった。犬の意見を聞きたかったけれど、彼は勿論言語を――すくなくともそこまでこみ入った話は――解さない。私はきゅうりもサラダ菜も与えないことにした。私がそう望む、というだけの理由で、彼にすこしでもながくここにいてもらうことにした。

そして、でも、一日一錠服用させる白い薬だけは、彼の好きなものに入れて服《の》ませることにした。そうしないと錠剤は服まないし、一日に一瞬くらい、おいしい、と感じて欲しいからだ。

それにぴったりのものは、ブドウだ。

種なしピオーネの皮をむき、稀に種のあるものがあるので中央を確かめ、そこに錠剤を埋め込む。毎朝、耳掃除のあとで与えることにしているので、そのシステム――耳掃除に耐えたらごほうびがもらえる――を犬はたちまち理解し、終ると、「さあ早くくれ」という顔をする。「了解した」と私はこたえる。そして、薬の入ったブドウを一粒だけ、与える。皮をむいたブドウは薄緑色で、手のなかで溶けてしまいそうにやわらかく、頼りなく、表面に甘い水を滲ませて光っている。

先週、「悪人」という映画の試写を観た帰りに、配給会社の人と、編集の人二人と、四人で食事をした。場所は銀座で、怯《ひる》むくらいゴージャスなお店だった。窓から夜景が見え、グランドピアノが生演奏されていた。何も注文しなくても、ワインに合う料理が少量ずつ、次々に運ばれてくる。バーニャ・カウダとか、夏野菜のジュレとか、一口サイズの甘鯛のフライ(噛むや否やシャコシャコと崩れ、白身の舌触りだけを残して消えてしまったので感激した)とか、フォワグラとか。つめたい白ワインもおいしく、観てきたばかりの映画(おもしろかった!)の余韻もあり、偶発的な出来事(映画の配給会社の女性が、妹と、高校で同級生だったと判明した)によって話題も広がり、妹にメイルで知らせて驚かせたりもして、とてもたのしい食事になった。

その食事の終盤に、豚肉のソテーがでた。豚肉の銘柄とソースの素材、肉の下にゴーヤが敷いてあることを、お店の人が説明してくれる。

「ブドウ」

置かれたお皿を見て、私はつい声をだしてしまった。肉の上に、美しくスライスされたブドウ——種なしピオーネに間違いないと思う——がのっていたのだ。およそ二ミリの薄さにスライスされた円形のそれは、縁を濃い紫色の皮にライン状に囲まれ、見馴れた薄緑色の果肉をきらきらとあらわにしている。

私は犬のことを思った。それから白い薬のことを。

ブドウ、と言った私の声は歓声のようには響かなかったらしく、苦手ですか? というような、気遣わしげな視線が三方から注がれるのを感じた。

「おいしそう」

私は急いで言った。勿論、ブドウは大好きだ。

「こんなに薄く、どうやって切るのかしら」

おいしそう、だけでは不十分で、さらに何か――できれば、声をだした説明になるようなことを――つけ足さなくてはいけない気がして、そんなことも言ってしまった。

「たぶん、凍らせてからスライサーでスライスするんじゃないかな」

いつも落着いていて、がっしりした体型でなんとなく頼もしい、編集者氏が教えてくれた。

おいしそうな食事

ジャック・ケルアックとウィリアム・バロウズの共著だという小説を読んでいたら、とてもおいしそうな食事の描写があった。舞台は一九四四年の、夏のニューヨーク。男性四人と女性一人が、あるアパートの一室に集っている（彼らは、誰が誰とどこに住んでいるのか、読んでいてわからなくなるくらい頻繁に、互いの住いを往き来している）。そのなかの二人が、自分たちは船員の仕事が入り、あした船出するから夕食を奢ってほしい、と言う。言われた「おれ」（ウィルという名前だ。ウィルが一人称で語るこの章は、バロウズが書いている）は、「おまえたちが絶対にいなくなるなら、コロニーに連れてってやるがね——確信が持てないから妥協してうちで食おう」とこたえて、紙に、買ってくるべき食料を書きつける。ステーキ、デュボネのボトルとセルツァー水、ブルーチーズ、イタリアパン、バター、リンゴ、デュボネ用の氷。「ラムはどう?」と一人が提案するが、「おれ」は、「ダメだ。夏のドリンクとしてはデュボネのほうがいい」と、きっぱり退ける。買物に行く男性二人が、「おれ」のひきだしから「ジムで運動するときに時々使うショーツ二着」をひっぱりだして、部屋のまんなかで着替える。一九四四年にジムで運動するときにはくショーツというのがどういうものか、私は知らない。でも「おれ」が、「おまえらそんな格好で公道に出かける気か?」と言ったり、「わいせつ物陳列罪で逮捕されちまう」と言ったりするところをみると、へんな代物なのだろう。でも二人はその恰好のまま、お目つけ役(?)のもう一人と三人で買物にでかける。そして、ばらばらに帰ってくる。

魅力的なディテイルは他にもあるのだが、ともかく食料が揃い、「おれは袋を開けると品物を引っ張り出し始めた。見事な分厚いステーキ、新鮮で湿ったブルーチーズ、小さなリンゴの袋、長いイタリアパン。おれはリンゴを掲げて『こいつはチーズと実に合う』と言った」。

誰かがデュボネの栓をあけ、誰かが「各種目的に使っている投げナイフ」で氷を砕く。セルツァー水で割ったデュボネを銘々がのみながら、誰かが最上階の廊下のガスストーブでステーキを焼き、誰かが手伝ったり手伝うのをやめたりし、誰かはT・S・エリオットを、誰かは『ヨーロッパ』という本を読みながら待つ。誰かはそこにいる唯一の女性であるヘレンと、「ネッキングして脚をさすり始め」る。

そして見事なステーキが焼ける。まず一枚、次に二枚。みんなで「一切れむしった」り、「歯で引き裂いた」りしてたべる。「おれのは塩気が足りなかったので、氷箱のてっぺんから塩を取って」くる。誰かが「ヒョウのようにうなり始め」、みんな真似をして、うなりながら肉をたべる。

ステーキがなくなり、次に「チーズとイタリアパンとリンゴを食べたが、すばらしい組み合わせだ。それからみんなすわってタバコに火をつけ、デュボネをほとんど飲み干した」。そして、誰かがこう言う。「ドアは開けといてくれよ。空気を入れ替えないと」

得も言われずおいしそうではないだろうか。味や匂いや風味や食感の説明は一切ないのに、そしてたべるものは平凡なのに、全くいやになるほど豊かな食事風景描写力。私はうっとりとため息をついて、何て素晴らしい食事、と思う。デュボネというお酒はのんだことがないし、私はブルーチーズが苦手だ。長いイタリアパンというのも、どういうものなのかよくわからない。でも、大事なのはそんなことではない。ここですべてをおいしそうにしているのは、部屋であり友人たちであり、ラムの提案および却下であり、ジム用ショーツであり、ストーブであり氷箱のてっぺんに置かれた塩であり、空気の入れ替えである。

人が満ち足りた食事をするときに、必要なのはそういうものだ、とわかってびっくりした。おもしろい、でも言われてみれば大変納得のいくことだ。

実際にあった殺人事件をモチーフにしたこの小説（はい、そういう小説です。べつに、たべものをめぐる小説ではありません。でもたべもののでてくる場面はたくさんあって、これから読む人の興をそぐので多くは語れませんが、後半にでてくる「こんなに寂しいビールは初めてだった」の場面も秀逸です）はとてもおもしろく、かつ文章の手際が清潔で、ケルアックとバロウズはやっぱり二人とも天才だな、と一読素直に感じたので、訳者があとがきで謙遜（?）しすぎなのが気になった。「あくまで習作レベルにとどまるもの」と書いてあったけれど、そうかなあ。もっとも、この本にはもう一つ別なあとがきもついていて、ジェイムズ・W・グラワーホルツという人物（訳者あとがきによると、「バロウズの愛人秘書で遺産管理人」らしい）が、ただごとではない熱っぽさと過剰さでこの本を解説しているので、訳者はバランスをとるというか、読者をクールダウンさせる必要を感じてしまったのかもしれない。

ところで、この小説のタイトルは、『そしてカバたちはタンクで茹で死に』（河出書房新社）という。作中で、ラジオのニュースのアナウンサーがそう言うのを、登場人物たちが聞く。これは現実にあったサーカスの火事のニュースで、ケルアックとバロウズがある晩バーにいるときに、ほんとうに聞いた言葉だという。サーカスの火事は勿論痛ましい悲劇だが、シュールで滑稽でどこか優雅な、完璧なタイトルだと思う。

旭川のソーダ水

編集の人たちがする草野球の試合を観に、旭川に行った。夏の終りで、旭川は涼しいかと思ったけれど暑く、試合の日は三十三度もあった。旭川で試合をするのは二度目で、負けを喫するのも二度目だったとはいえ、去年と今年では試合の内容が全然違った。みんな成長著しいので感動してしまう。基本的に文系の人々なのに。平均年齢四十三歳、最高年齢五十九歳の人々なのに。誰も倒れなくてよかった。プロ野球の試合にも使われるその球場は広く、美しく、ベンチに坐っているだけで、得も言われぬ不可思議さに打たれる。それは、知らないうちに自分がここに運ばれてきた、とでもいうような、いまここにいることが信じられないけれどいる、というような不可思議さだ。私にとって運動は、ずっと恐怖そのものだった。するかしないかの問題ではない。するかしないかなら勿論しない（いまもしていない）のだけれど、それ以前に運動周辺の空気が苦手で、絶対に近づくまいと思っていた。

それが、飛行機に乗って旭川まで来て、スタルヒン球場の、「関係者以外立入禁止」と書かれた扉の向うのベンチに陣取って、スコアなんかつけているのだ（スコアのつけ方は、その昔父に教わった。遠くから、安心して観戦できるプロ野球を、より愉しく観戦するために）。変ったことになったなあ、と思う。変ったことになるのは、でもおもしろくて気持ちがいい。

晴れて気温の高い日ではあったけれど、ときどき具合のいい風が吹き、赤とんぼが飛んでいた。

着いた日は、地元チームの人たちに連れられて、居酒屋さんに行った。そこですばらしい毛がにをたべた。大皿にのったたくさんのお刺身や、デミグラス・ソースのかかったクリーム・コロッケも。勿論たくさんお酒ものんだ。そのあとバーにくりだし、さらに深夜のラーメン屋さんにも行った。旅にでたときの無闇な食欲を、私は愉快だと思う。どうしてこんなことができるのかわからない、と思うけれどできてしまう。非日常だから、なにもかも架空のことみたいで、たべたものも身体には入らず、すーっと消えてしまうような気がする。

試合の日の夜も、地元チームの人々に連れられて、ホルモン焼き屋さんに行った。ビア・ガーデン風に戸外に設えられたテーブルで、広々した空間なのになぜ？　と思うくらいに、でも煙がもうもうと立ち込めた。旭川で、ホルモン焼きといえば豚なのだそうだ。やさしい、飾りけのない味がした。暑さにも蚊の攻撃にも怯まず、みんなたくさんたべて、たくさんのんだ。その土地でとれたものをその土地でたべる、というのはどうしてこんなに特別な味のすることなのだろう。たべものと空気の親和度が高いから、たべものがごく自然に、いい顔になるとしか思えない。試合後に、友人の御両親が差し入れて下さった茹でとうもろこしも、おどろくばかりのおいしさだった。かじると、笑いださずにいられない何かが、口のなかで弾けるのだった。

そんなふうに、たべてばかりの二日間だったのだけれど、忘れられない光景が一つある。それは私がたべたものではなくて、知らない人がのんでいたもの、その景色。

野球の試合が午後からだったので、午前中はみんな勝手に過してよかった。私は二時間たっぷりお風呂に入り、朝昼兼用に何か軽いものをたべようと、散歩がてらおもてにでた。お昼前の街はあかるく、でも閑散としていて、シャッターのおりた居酒屋さんとラーメン屋さんばかりが目立った。夜は賑やかなのだろうと思われる路地にも、その時間には人っ子一人いないのだった。私は駅に行くことにした。駅のなかなら、きっとあいているお店がある。

そして、あった。喫茶店と食堂をかねたお店で、オムライスもあればうどんもあり、かつ丼もあればかき氷もある。どこかなつかしい、風情のある一軒。私は食券を買って、なかに入った。

奥がガラス張りになっていて、その向うは電車のホームだった。といっても、ホームから直接入ってこられるわけではない。ガラスの手前にはカウンターがあって、スツール席がならんでいる。私は線路を見るのが好きなので、そこに坐りたい気持ちがしたが、お店全体も眺めたかったので、近くのテーブル席に坐った。いかにも駅のなからしく、これから電車に乗るところ（あるいはどこかから到着し、さっき電車をおりたところ）、という様子の一人客がそこここで、新聞や雑誌を読みながら、好みのものをたべている。カウンターの隅にいる初老の男性に運ばれたものが、私の注文したものと全くおなじ——生ビールときつねうどん——だったので、お揃いですね、と、なんとなく嬉しく思った。

あげは甘く、おつゆは辛いきつねうどんで、北の街にきたなあという、旅情を感じつつたべ、ふと見ると、すこし離れたテーブル席に、女の人が二人坐っていた。中年後期というのか初老というのか、身だしなみのいい婦人たちで、一人は銀髪に黒縁の眼鏡、もう一人は黒髪のおかっぱ、二人ともたっぷりしたフレアスカートをはいている。電車にのるところというよりは、お買物の途中で休憩しているふうに見えた。二人は揃ってソーダ水をのんでいた。昔ながらの、真緑色の、ソーダ水。ステムのついたグラスではなく、普通の、すこしだけ大きめのコップに入っている。

私はたちまち思いだした。子供のころ、大人の女の人（当時の私の言葉でくくってしまうならおばさんたち）というのは、みんなソーダ水をのむものなんだなあ、と思っていた。ちょっとした「たのしみ」とか、喫茶店での休憩とかに際して、おじさんが決ってビールをのむように、おばさんはソーダ水をのむのだ、と。勿論、うちの母のように「いけるくち」の女の人もいることは知っていたが、そういう人たちも、女同士の場合や、昼間は、ソーダ水なのだった。

私は自分の目の前のきつねうどんと、半分空いたビールジョッキを見た（おじさんとお揃い)。そして彼女たちを。二人とも神々しく見えた。きちんとした、立派な日本の婦人たちだった。

ポタージュと機械

ポタージュに目がない。

コーンポタージュ、ビシソワーズ、グリンピースのポタージュ、の三つは輝かしい定番で、でも他にもいろいろな野菜で、ポタージュはつくれる。マッシュルームとかクレソンとか、にんじんとかかぼちゃとか。私が好きなのは、たとえばセロリのポタージュだ。夏はつめたくして、冬は温かくしてたべる。

ポタージュのよさは、まず温度――温かいものはその温かさ、つめたいものはそのつめたさ――で、次に舌ざわり――なめらかすぎない、野菜の存在がわずかにざらっと感じられる――、そしてこっくりとまるい味わいだと思う。おいしいポタージュは、たべると全身の細胞にしみわたる感じがする。

静かなたべものだ（たべものには、静かなのと賑やかなのがある）。ポタージュは徹底的に静かで、私はそこが好きなのかもしれない。

レストランにポタージュがあると、それがかぼちゃとかさつまいもとか甘味の強いものでない限り、私は間違いなく注文する。ポタージュをさしだされて、拒むことはできない。ときどき行くレストランでは、夏にはつめたいアボカドの、秋にはポルチーニの、冬にはカリフラワーの、ポタージュをだしてくれる。どれもほんとうに味わいが深く、でも複雑になりすぎず、素朴なのに端正で、端正さもいいポタージュの特徴だとわかる。そこはイタリア料理屋さんだけれど、私がその店に行くときのいちばんのたのしみは、パスタでもメインディッシュでもデザートでもなく、スープなのだ。

我ながら情熱的にポタージュが好きなのだけれど、家では滅多につくらない。どうしても、どうしても、どうしてもポタージュがたべたくなったときにだけ、つくる。理由は単純で、豆や野菜をことこと煮込むミネストローネ系のスープと違って、ポタージュは裏ごしする必要があるからだ。裏ごしには、力が要る。それをすると私は疲労困憊し、翌日たいてい発熱する。

さらに。裏ごしをするとざるの網目にじゃがいもやグリンピースや、セロリの繊維がつぶれてくっつく。洗っても、なかなかとれない。

ミキサーを買えばいいじゃないの、と、他人《ひと》は言う。自分でもそう思う。ミキサーがあれば、毎日でもポタージュがたべられる（！）のだから。でも、私は裏ごしとおなじくらい（違う。たぶんそれ以上に）、機械が苦手なのだ。

機械が苦手、という人はたくさんいる。上手に使いこなせない、という人は。けれど私についていえば、使いこなせないだけじゃなく、機械がこわく、こわがるあまり、ほとんど憎悪している。その憎悪は機械にも伝わるらしく、彼らの方でも私を嫌っている。だからどんどん壊れる。仕事部屋の電話は何度買い替えても壊れるし、いまはパソコンも壊れている。壊れられると、私はますますこわくなる。こわがらされるというのは脅威であり、脅威を与えられれば、私は憎む。

勿論、私も機械の恩恵にはたくさん与《あずか》っている。エアコンと携帯電話はないと困るし、コーヒーメーカーと洗濯機のことは心から愛している。でも、感謝も愛も、憎悪を軽減しはしない。

機械の最大の脅威は、主従関係がへんになるところだ。私が使っているのに、使われているような気がする。遠慮しながら、びくびくしながら、どうかおこらないで下さい、作動して下さい、とお願いしなくてはならない。願うというより、祈るというう方が近いかもしれない。作動しなくても機械は絶対謝らないので、私が謝るよりなくなってしまう。ああごめんなさい、私が何かしたんですね、してしまったに違いないですね。

それでいて、機械には手も足もなくて、自分で自由に動きまわったりできないから、人間がめんどうをみなくてはいけない。それも脅威だ。コードを引き抜いたりすると彼らは一瞬死ぬから、そんな横暴はできない。弱いものいじめをするみたいな気持ちになってしまう。

そういうわけで、機械には極力かかわらないようにしている。ここ八年くらいは掃除機も使っていない。掃除は箒《ほうき》と塵取《ちりとり》と雑巾とモップでしている。テレビやビデオにも一切触っていない(これはもう十年になる)。

そうしたら、このあいだ驚くべきことがあった。十年ぶりにテレビをみようとしたら、テレビのつけ方がわからなくなっていたのだ。嘘だと思われるかもしれないがほんとうのことだ。まず、いつのまにかテレビ周りのリモコンが増えていて、どれがテレビそのもののリモコンなのかわからなかった。端から試し、なかの一つで電源が入ったので、ようやく「これだ」とわかったものの、画面には映像も音もなく、ビデオ2という文字がでているのみ。ビデオではなくテレビをみたいんですけれど、と思いながら、リモコンのボタンをあちこち押した。やがて、騒々しい音声と、映像がでた。よかった、これはたぶん（ビデオではなく、いま放映されている）テレビ番組だ。この時点で、私の両手は焦燥と屈辱感に汗ばんでいた。録画ができないというのならともかく、テレビがつけられないなどということがあっていいはずがない。ところが――。私のみたかった番組が、一向にでてこないのだった。リモコンに、チャンネルと思われるボタンが、四角いの十二個、丸いの十五個ついていて、表面に書いてあったはずの数字は、摩耗してすっかり消えている。一の隣が三だろうと思うのに、どうもそうではないらしいのだ。全部のボタンを一つずつ試したのに、結局、その日私のみたかった番組（NHKのBSでやっていた）は、でてきてくれなかった。

もういい、と私は思った。機械なんてもういい。大嫌いだ。でも、夏が去って涼しくなり、スープのおいしい季節になって、ポタージュ好きとしてはミキサーが、やっぱりちょっと、欲しいのだった。

パンと不文律

子供のころ、パンくい競走というものに憧れていた。漫画の本のなかでは運動会といえばそれがでてくるほど定番の競技であるらしいのに、私の通っていた学校では、とり入れられたためしのないものだったからだ。

勿論いまになって考えれば、やってみたことがなくてよかった。あれは、たぶん屈辱的だ。飛びあがってパンをかじりとるなんて。しかも、すんでのところで紐が揺れ、口をあけても空振りをする（かもしれない）なんて。いったんそうなってしまうと紐がねじれ、へんな揺れ方をして、たべるのがますます難しくなるに違いない。想像するだに苛立たしい。競走だから、気も急《せ》くだろう。私は急かされるのが大嫌いだから、どきどきして、悔しい気持ちになったはずだ。漫画で見た図が正しいとすれば、紐には長いのと短いのとがあり、それらは早い者勝ちであるようなので、背が低くて足の遅かった私は、そもそもパンに届かないかもしれない。それでも競技である以上、衆人環視のもと、口をあけてぴょんぴょんとび続けなくてはならないのだ。

そんな目に遭わなくてほんとうによかった。

でも、子供のころには憧れていたのだ。青空の下、パンが、洗濯物みたいにロープからぶらさがっている。想像上のその光景には、たとえば『ヘンゼルとグレーテル』のお菓子の家や、『不思議の国のアリス』の気違い帽子屋のティーパーティにも似た異様さがあり、強烈に惹きつけられた。シュルレアリスムの絵を見て、目が離せなくなるのにも似ている。

パンという物体の素朴さと、一つずつが独立したものである感じ、もよかったのだと思う。競技というよりパンのあるその光景に、心を奪うものがあった。

ところで、私と妹のあいだには、パンをめぐる不文律がある。フランスパンは、何があっても買ってきたその日のうちにたべる、というのがそれで、その不文律ができて以来——いつできたのか、正確なところはわからないが、たぶん妹が小学生、私が短大生のころだったと思う——、私たちは頑なまでに忠実に、その約束を守っている。

言うまでもなくフランスパンは、一晩おいてしまうと、別物としか思えないくらい味がおちる。香ばしく乾いて、ぱりぱりと壊れる皮がまず失われる。湿気を保ち、ふっくらしたやわらかさに粉の甘みがにじむ内側が、次に乾燥してしまう。だからその日のうちにたべたいというのが不文律を守る理由ではあるのだが、こういう、破っても誰も困らない約束に関して、もしかすると破ったら誰かが困る約束のとき以上に、私たちが頑固であるから守っている、ような気もする。

簡単なことのように思われるかもしれないが、何があっても、というのは、なかなか厳しい条件である。自分たちがフランスパンを買ってきたときには問題はないが、母が買ってきたとき、私か妹のどちらか（あるいは両方）がでかけていたとする。食事をしたりお酒をのんだりして、たとえば妹が十一時に、私が十二時に帰宅したとする。私たちは、午前一時に台所で、必ず立ったままフランスパンをたべる。専用の包丁でざくざく切って、一口ごとにバターをつけて。なぜ立ったままなのか妹と話しあったことはないが、欲望のためにたべているのではなくて、不文律を破らないためにたべているのだ、というポーズだったのだと思う。事実、私も妹も夜中にフランスパンをたべるとき、これは立派な心掛けの実践である、と信じて疑わなかったし、だから「たべよう」ではなくて、「たべなきゃ」と言ってたべ始めるのだった。

「じいちゃん（私のこと）、大変。かーさんがフランスパンを買ってきちゃった」

妹が私の部屋にとびこんできて、そう報告することもあった。

「えっ、また？」

もしこの会話を誰かが聞けば、フランスパンが嫌いなのかと思うだろう。でも逆で、あまりにも好きだったのだ。

私たちの不文律は徐々に父と母にも浸透し、夜中に四人でフランスパンをたべたこともあった。コーヒーも紅茶もいれず、ワインの栓を抜いたりもせず、台所の調理台を囲むように立って、なんとなく厳《おごそ》かな気持ちで。

こういうとき、母はしばしば笑いだした。

「どうしてもいまたべなきゃいけないの？」と言ったり、「あんたたちって」（ここで言葉は切れたけれど、ばかねえ、が隠れていたのではないかと思う）と言ったりし、笑うけれど愉しそうにつきあってくれた。

父の反応はもっと変で、「なるほどなあ」とか、「いつもこんなことをしてたのか？」とか、「驚いたな」とか呟いて、妙に感心し、よし、じゃあパパも手伝ってやろう、と、決心したように言う。無防備、といってもいいくらい、私たちの不文律を尊重してくれた。

その後、結婚して家をでて、べつべつに暮すようになっても、私は勿論不文律を守っている。妹に訊いたことは一度もないが、彼女もまた守っているに違いないことを、私は心底確信している。

やわらかなレタス

やわらかなレタスのことを書こうと思っていたのだった。やわらかなレタス。その言葉は、『ピーターラビットのおはなし』という、小さな絵本と関係している。ビアトリクス・ポターがイギリスの田園地帯を舞台に、絵も文も手掛けた全部で二十一冊（詩も含めると二十三冊）の、愛らしく緻密で豊かな物語のなかの、最初の一冊。

どういう話かというと、子うさぎのピーターラビットが、お母さんうさぎに止められているにもかかわらず、人間の畑にしのびこんで野菜をたくさん食いあらす。人間（マグレガーさんという老農夫）に見つかって、畑じゅうを逃げまわる。すぐりの木にかけてあった網にひっかかったり、如露《じょうろ》のなかに隠れたのに見つかってしまったりし、しまいには方向感覚も失くし（帰り道の目じるしである木戸がみつからない）、それでもむちゅうで走ってようやく逃げのび、安全なわが家に帰りつく。そういう話。筋立てに複雑なところは全然ない。でも、この本には単純からは程遠い、デリケートな喜びが詰まっている。

これを読むと、顔の間近で土の匂いをかいだ気がする。新鮮な野菜の匂いも、空の匂いも、人間の――たぶんおもに靴の――匂いも。よく耕された土の感触を、味わうどころではない動揺のなかで、それでも両手両足（私は人間だから、そう言うしかない）の肌でじかにいやというほど知ったと感じるし、一匹のうさぎ分の、身体の軽さも感じる。その身体いっぱいの恐怖も。というより、世界そのものと化した恐怖と、からっぽになっている自分を。からっぽだから、外側の恐怖以外何も感じられない。お母さんも家も、意識から完全に消滅していて、肉体だけが走っている、のを感じる。

木戸を抜けたことは、かすかに、まるで自分の意識ではないみたいに遠くで認識するだけだ。空気と風景の変化も。からっぽのままただ走って、走って、走る。すこしずつ自分が戻ってきて、もう追われていないような気が漠然として、でも走って、でももうほぼ、というよりはっきり、逃げきったという予感みたいなものがあり、その予感はどんどん大きくなる。喜びが、心ではなく身体を満たす。安堵は恐怖以上に圧倒的で、ほとんど幸せ死にしそうになる。

この小さな本を読むたびに、言葉にするとこういうことが、私のなかでほんとうに起こる。

マグレガーさんにとって、ピーターは畑を荒らす、ただの野うさぎにすぎない。マグレガーさんにはマグレガーさんの立場と意見と生活があり、うさぎの肉は食料になるし、毛皮は売れる。実際、ピーターのお父さんは「マグレガーのおくさんに　にくのパイにされてしまった」のだし、『フロプシーのこどもたち』という物語では、六匹の子うさぎがマグレガーさんに捕えられ、袋にいれられてしまう。このとき、袋のすぐそばにいるのに何もできない両親を描いた頁があって、それはもう痛々しい（立ちつくす二匹の姿は、まるでミレーの〝晩鐘〟そのままだ。お母さんうさぎは、顔を両手でおおっている）。

ポターの描く動物たちは、服を着ていたり人間みたいな暮し方をしていたりはするけれど、人間に手なずけられていない野生動物で、だからしばしば人間が敵になる。他の動物が敵である場合もある。そんな彼らの暮しを、ポターは見事に活写してみせる。それぞれの動物の習性をふまえて、ユーモラスで精緻な物語にする。

ピーターラビットはマヨネーズのコマーシャルにもでているし、日本でもたくさんの人に知られている。でもこの二十一冊の物語群の豊かさは、存外知られていなくてもったいないなあと思う。

たとえば『モペットちゃんのおはなし』という一冊は、シンプルで、たまらないセンスのよさで、シリーズ中、私はこれがいちばん好きなのだけれど、何度読んでも決っておなじところ（七カ所ある）で笑ってしまう。『カルアシ・チミーのおはなし』は、二組の、りすの夫婦の機微を描いた、地味ながら味わい深い一冊だし、『パイがふたつあったおはなし』も、と書いていくときりがないくらい、豊かな世界がそこにはある。

そして、そう、やわらかなレタス。それを書こうとしていたのだから、話を戻さなくては。

畑にしのびこんだピーターは、その野菜のおいしさに感動する。なんてやわらかなレタス！

最初、私にはよくわからなかった。やわらかいレタス？　それって、ちょっとしなびてるの？　そう思った。レタスという野菜のあのみずみずしさ、歯ざわりの小気味よさ、には、たとえばぱりっとした、とか、さくさくした、とか、しゃりしゃりした、とかの言葉の方がふさわしい気がした。

でも、それが人間中心にすぎる考え方だと、あるときふいにわかった。だって、勿論ピーターは野生のうさぎなのだ。普段はそのへんの野草をたべている。固くてもすじっぽくても干からびていても、他になければ選《え》り好みできない。それだけの咀嚼力が十分に備わっている。

その彼にとって、人間が人間の食用に畑で栽培したレタスは、驚くべきやわらかさだったに違いない。そしてそのやわらかさは、みずみずしさそのものでもあったはずだ。

なんてやわらかなレタス！

なんていい一文！　私はそう思い込んでいた。でも、今回読み返してみたら、この本のどこにも、そんな言葉はでてこない。やや近いのは、続編『ベンジャミン バニーのおはなし』のなかの、「このはたけのレタスは、たしかにじょうとうでした」という一節。びっくりした。

なんてやわらかなレタス！

それはたぶん、うさぎになりきってしまった私が、心のなかで上げた感嘆の言葉だったのだ。

初出　週刊文春２０１０年1月14日号～２０１０年10月28日号まで連載

やわらかなレタス

二〇一一年二月二五日　第一刷発行

著　者　江《え》國《くに》香《か》織《おり》

発行者　庄野音比古
発行所　株式会社　文藝春秋
〒一〇二-八〇〇八　東京都千代田区紀尾井町三-二三
電話　〇三-三二六五-一二一一
印刷所　凸版印刷
製本所　加藤製本

ISBN978-4-16-373680-8